MINGUO TONGSU XIAOSHUO
DIANCANG WENKU

春闺怨

民国通俗小说典藏文库·冯玉奇卷

冯玉奇◎著

中国文史出版社

图书在版编目（CIP）数据

春闺怨／冯玉奇著. — 北京：中国文史出版社，
2018.3

（民国通俗小说典藏文库·冯玉奇卷）

ISBN 978 – 7 – 5205 – 0053 – 1

Ⅰ. ①春… Ⅱ. ①冯… Ⅲ. ①长篇小说 – 中国 – 现代

Ⅳ. ①I246.5

中国版本图书馆 CIP 数据核字（2018）第 010340 号

点　　校：清寒树

责任编辑：蔡晓欧

出版发行：中国文史出版社

网　　址：http://www.chinawenshi.net

社　　址：北京市西城区太平桥大街 23 号　　邮编：100811

电　　话：010 – 66173572　　66168268　　66192736（发行部）

传　　真：010 – 66192703

印　　装：廊坊市海涛印刷有限公司

经　　销：全国新华书店

开　　本：720 × 1020　　1/16

印　　张：12.75　　字数：132 千字

版　　次：2018 年 6 月第 1 版

印　　次：2018 年 6 月第 1 次印刷

定　　价：39.80 元

目　录

第一回

虽然已经是黄昏的时候，但阳光还淡淡地从窗外爬进到室中的墙壁上来。那边红木花架子上放着的那盆蓝花白瓷的花盆里这一棵鲜红的秋海棠，在落日余晖的映照下，这就更显得娇艳可爱了。四周是静悄悄的，一些声音都没有，只见有一圈一圈的烟雾，在室中丝丝袅袅地飘浮，浓浓地化成了淡漠，慢慢地笼上了海棠花。因为有了阳光的反映，那清辉的墙壁上更显现了无限美好的色彩，包含了诗情并画意的风味。

这样一个幽静清雅的书房，照理应该有一个很温文博学的主人翁来居住才好。但是这里的主人翁，却并不像作书的理想中一样的符合。虽然他也是一个中学里的高才生，而且生长了一个很漂亮的脸，但是为了朝朝寒食、夜夜元宵的缘故，所以使他在过分快乐之下，他的容貌也会渐渐地憔悴而带苍白起来。

这时他躺在一张紫檀木的炕榻上，榻当中放着一只红木制成的烟盘子。他手里拿了一根翡翠镶金的烟枪，衔在嘴里正干着他吞云吐雾的工作，原来室中浮飘着的一圈一圈烟雾，正是他嘴里喷出来的鸦片烟。他正在吸得很有滋味的时候，只见外面走进一个西服少年来。他进来的时候是兴冲冲的，见此情景脸上似乎有些不喜悦的神气，说道：

"如海表哥，我几次三番地相劝你，劝你不要再吸这种消人志气的鸦片烟，你为什么老是不肯听从我的忠告？我真不知道鸦片烟到底有什么好味道呢？"

"克明表弟，你这些话虽然说得不错，但是你不吸烟的人，当然是不知道个中的滋味。像我们已经吸上了烟瘾的人，正是一支烟枪拿手里，快活赛过像神仙。有时候虽然我也知道鸦片烟是害人之物，但烟瘾一到，眼泪鼻涕，个中之苦况，真是比死还难熬，唉！已经吸上了烟瘾，真叫我还有什么办法好呢？"

张如海一见了这个表弟，不知为什么他心里会怕惧着三分，所以连忙一骨碌翻身坐起，脸上浮现了哭里带笑的表情，向他至少是包含了一些滑稽而又尴尬的口吻说着。如海为什么要怕克明呢？其中当然也有一个道理。原来克明是如海母亲的内侄，他和如海是一个学校里读书的，平常功课方面，如海根本茫无头绪，所以一到考试的时候，终是急得要上吊，都是克明帮了他忙，他才能马马虎虎地敷衍过去，所以对于克明终有些畏惧三分，原因就在这个里面。当时李克明听他这样说，便摇了摇头，说道：

"既然你知道吸上了鸦片烟后有这样的不舒服，那么当初你为什么要去学上了它呢？要晓得你现在是个年轻之人，国家已经到了这般危险的地步，我们既不能离开上海，那么也总应该做一些有益于社会的事情才好，至少是不要随俗浮沉而沉沦到堕落的地步。表哥，你以为吸上了鸦片之后，是没有办法了吗？不，绝对有办法，只要你有勇气的话，不是可以抱了决心去戒绝的吗？"

"我何尝不是这么地想，但戒鸦片的办法在医师方面却还没有特效药，所以戒烟日子延迟了，我实在觉得比活地狱里受苦更要难过十倍。所以我想，假使今天吃了药后，明天就可以会消失了烟瘾的话，那我就立刻去戒掉它。"

如海皱了眉毛，表示内心有不得已苦衷的意思。克明觉得他说的话，完全是一种敷衍性质，绝没有诚心诚意戒烟的意思，这就对于如海的前途，很担着忧愁，不过自己和他是亲戚，而且又是同学，为了国家多一个好国民着想，我也应该想方法来尽感化他到觉悟的责任，于是又说道：

"表哥，你所以说这些话，就是没有勇气和决心的缘故。世界上的人，大都是为了怕麻烦，为了怕一时的痛苦，因此误了大事，而甚至于误了终身的幸福。单拿你戒烟这一件事情来说，戒的时候，当然多少总有一些痛苦，不过这痛苦是暂时的，只要熬得过这短短时期的痛苦，那么就会得到永远的快乐和幸福。你该知道鸦片烟是像一把大铁锁，你若不戒除的话，它会永远地锁住了你。眼前吞云吐雾的虽然很舒服，但几年之后，恐怕你就求生不得求死不能的了。表哥，你到底也是一个有思想的青年，难道你不希望自己将来做一番轰轰烈烈的事情吗？"

"表弟，你这些金玉良言，我听了自然是很感动。好吧，从明天起，我就决心戒烟，不再被这害人之物迷住了。"

如海呆呆地想了一会儿心事之后，他似乎有些明白过来了，这就握了拳头，很坚毅的神气，表示自己抱了无限勇气的样子。克明心里不禁喜欢了一阵子，含了笑容，说道：

"这才对了，你若真的把烟戒去，这不但是你个人的大幸，而且也是国家的大幸。不过……你为什么要说从明天起呢？你应该说从今天起，这才显得你真的有了决心。"

"好，那么我就说从今天起，不过今天已经是黄昏了，日子已经完了，当然还得明天再去戒烟，你说是不是？"

"这样也好，我想吸烟的人大概都是为了空闲的缘故，表哥，你此刻还是跟我到青年会看足球比赛去吧！"

克明说着，看了看手表，表示要和他一同开步走的意思。如海听他这样说，立刻微蹙了眉毛，把手按着额角，说道：

"对不起，表弟，并不是我扫你的兴趣不肯奉陪，实在因为我有些头痛，所以今天不预备出外去了。况且我平日对于足球此道，毫无兴趣，所以还是请你自己一个去吧！"

"那么你明天到底去不去戒烟？"

"当然去戒的，这是我终身幸福问题，我自然比你更放在心上的。"

"这话很好，我明天一早就来陪你，那么我走了，再见吧！"

如海眼瞧着克明走出了房门，他不由透了一口气，好像全身感到了无限的轻松，心中暗想：表弟这人真是喜欢多管闲事，我吸烟不吸烟，和他根本没有相干，为什么要他这样瞎起劲呢？我父母他们也不管呢！还说吸烟比赌钱好，因为吸了烟后，就会定定心心地在家里住着，不会到外面去胡闹了。其实吸吸烟白相相，原也算不了一回稀奇的事，因为我爸爸这许多家产，留着我一个人用，总不会吸几口烟就吸完了。如海一面想，一面伸手在嘴上按着打了一个呵欠，他的身子又会情不自禁地躺到榻上去。

孔夫子说，唯上智与下愚不移，这句话真是一点儿也不错，如海假使是个呆笨的人，那么他的心中倒也有一个呆笨的成见，绝不会三心二意地反复无常。只因为如海也是一个具有小聪敏的少年，他刚才被克明一劝告之后，他自己也很明白吸烟是堕落的要素，但一转背之后，他又有另一个思忖。所以像如海这种青年，是社会上最难拯救的一个典型人物。

　　如海打了呵欠之后，他心中暗想：反正我明天要去戒烟了，今天还是索性吸一个痛快。正在躺下的时候，只见他父亲的学生王少云含笑走了进来，他说道：

　　"师弟，你没有出去吗？我来给你装几筒吸吸，保险你香喷喷、轻松松，特别地有味道。"

　　"再好没有，再好没有，那么你快躺下来吧！我一个人真没有兴趣，你也来得巧极了。"

　　随了如海这几句话，王少云在榻上和他并头早已横躺了下来，一手拿了烟膏，一手拿了扦子，在灯盏上调拢着，他望了如海笑嘻嘻地说道：

　　"我刚才听见你爸爸和妈在商量，大概预备下个月要给你结婚了。我想结婚之后，你的行动上一定要失了自由，不好时常地在外面过夜了。所以趁现在还没有结婚，你应该到外面去多游玩游玩才是哩！"

　　"这倒不管的，就是结了婚，我还照样要游玩，一个人被妻子管束，那还会好了吗？"

　　如海听他这样说，觉得至少包含了一点儿取笑的成分，于是一本正经的态度，在他当然是要扎一些台型的。少云噘了噘嘴，呸了一声，笑道：

"你此刻不要说得这样神气活现，明天见了玉皇大帝，恐怕跪在地上叩头还来不及呢！"

"你不用取笑我，那么你将来看着我是了。"

如海红了脸，表示不必再辩白，到将来拿事实可以证明的意思。少云把烟烧好了，拿过他的烟斗子来，用扦子一层一层地调上去，一面说道：

"我倒并不是取笑你，因为听你爸爸说，你这位未婚夫人薛红英小姐的人才很能干，不但容貌漂亮，而且学问又好，所以我说你将来有这么一个好夫人之后，自然而然地会拜倒在石榴裙下不敢再到外面去白相了。"

"这也难说，常言道，儿子是自己的好，妻子是人家的好，妻子无论生得怎样美丽，总及不来外面女人好看。所以我想一个男人家在外面逢场作戏游玩游玩，那总是免不了的事情。假使她要管束我的话，我也绝不会服帖的。"

如海一面说，一面把烟枪衔在口里，连连地吸着。少云忍不住笑了起来，点头说道：

"你这几句话就说得一点儿都不错了，我认为一个女人家的美不美绝对不是使丈夫感到可爱的条件，当然其中还有许多的奥妙。比方说，有一对少年夫妻，那妻子的容貌真是国色天香，不过照样的还是要闹着意见不合，在律师面前干着离婚的手续。比方说，一个妻子的容貌很是丑陋，而夫妇间之感情却特别融洽，十分恩爱，这到底是为了什么缘故呢？"

"好了，好了，你不用再说下去了，我已经很明白的了。"

如海喷去了烟雾之后，忍不住笑起来说。少云拿了钢扦，在他烟斗上戳了一下，也忍不住笑道：

"米高美的莉莉，其实比曼娜要漂亮得多，但是生意之好坏，却比曼娜差得很远，这其实当然也是为了这个缘故了。"

"你说的话，确是高论，我很佩服。少云，你给我再装一筒吸，因为我明天要戒烟去了，今天非吸一个痛快不可。"

如海很神秘地笑了，他把烟斗横过去，是要他再装烟膏的意思。少云听了很奇怪的样子，说道：

"你这是什么话？谁不许你吸烟？你爸妈不是没有反对过你吗？"

"不要问起这件事了，叫我心中真有些恼恨。我表弟这人真喜欢多事，我吸上了烟，他心里非常不受用，横劝竖劝总要劝我戒除了烟不可。刚才他来叫我去看比赛足球，被他看见了我在吸烟，又叫他唠唠叨叨地说了许多的话，什么上进呀，努力呀，堕落呀，这些名词我听得几乎有些头痛。唉！但是没有办法，我只好听从他的话，明天决心去戒掉了清爽。"

如海说到这里，深深地叹了一口气，表示真有些被他缠绕不过的意思。少云把装好的烟枪交给了他，一面冷笑了一声，很生气地说道：

"克明这人真有点儿想不明白，要他瞎起劲点什么呢？其实我倒明白他的意思了。"

"你明白他什么意思呢？"

"我想他怕你爸爸的家产被吸烟吸完了，所以心中有点儿妒忌，其实他是不怀好意，大概想侵夺你的家产。"

7

少云匪夷所思地想出这些话来搬弄是非，在他是想预备离间他们表兄弟的感情。不过如海对于这一点倒表示很明亮，摇了摇头，说道：

"这个我倒知道表弟的脾气，他绝不会有这种存心，况且他家的家境也很好，平日间对于金钱方面，他似乎看得很轻微的。"

"那么这也许是我猜错了，不过我想你也不必去听从他的话。常言道，少壮不努力，老大徒伤悲，你若趁此年轻的时候不去白相，难道等到白了发、脱了牙再去白相吗？到那时候，你虽有白相之雄心，恐怕也要被别人家大骂其老甲鱼了。况且现在这个年头的性命，真是朝不保夕，谁能肯定说一句我在一星期之中是不会死的。老实说，只要警报声音一拉，全上海人们的性命便都悬宕起来了。所以我们到底能不能活过今年，根本还是一个问题，若不及时行乐的话，岂不是一个呆子吗？"

少云这几句话听到如海的耳朵，好像吃橄榄似的，觉得回味无穷，这就把手在大腿上一拍，笑道：

"对呀，对呀，你真想得明白极了，所以无论什么事情总要和聪明的人说话，才有兴趣，和表弟这种呆人说话，真是越说越头痛的。少云，我此刻吸上了两筒之后，精神倒很不错，大家还是到米高美去跳茶舞好不好？"

"再好没有，那么让我也吸一筒提提精神，你袋袋里血旺不旺？假使不备足了，在外面坍起台来也很难为情。"

少云一面装着自己吸的烟泡，一面向他笑嘻嘻地说。如海在袋内一摸，只有十几万大票了，遂向他说了一声你等一会儿，我到上房去就来，遂匆匆地走出书房去了。走到会客室的门口，只听里面有日本人说话的声音，因为自己家里，日本人时常进进出出，和父亲商量事情，所以他也不以为奇，自管地走到上房里来。到了上房，就听一阵子抹牌的声音，响入耳朵。只见母亲和三位女客在叉麻将游玩，除了两个认识的外，尚有一个年轻的妇人没有见过。张太太见了如海，说道：

"如海，你在什么地方？怎的好久不见你的人影子。"

"我在书房里做一会儿功课，沈伯母和金伯母都好。"

如海在回答了之后，又向两位母亲的女朋友叫应着。沈太太和金太太也都笑道：

"张少爷，你这几天心热不热？要给我们吃喜酒了。"

如海微红了脸，却是憨笑着不答，那个年轻的少妇却把秋波在如海脸上斜瞟了一眼，也嫣然地笑了。这一来倒把如海一颗心，会别别地乱跳。张太太因为如海只叫喊了两个人，于是遂介绍道：

"如海，这位汪太太你不认识吧！她是汪队长的太太，你也得叫一声伯母。"

"哦！汪伯母！"

如海虽然觉得这一声伯母叫下去似乎有些不妥当，但母亲既然这样吩咐，他自然是不敢违拗的。那位汪太太略欠了一些身子，也叫了一声张少爷，便自管地打牌了。这时如海心中有些焦急，在焦急之中，还有些怨恨。暗想：偏偏她们会在打牌游玩，这叫我怎么好意思向母亲开口讨钱呢？他在桌角旁站了一会儿，到底给他想出一个办法来了，遂说道：

"妈，我从前买的这些参考书都已不好用了，现在最新出版的定价真贵，可是学校里要派用，却又省不了。"

"大概要多少钱？"

张太太明白儿子心中的意思，遂低低地问。如海因为汪太太的俏眼有意无意地向自己偷瞟，所以全身都觉得有些热燥，他竟忘记了回答，直待母亲问第二次的时候，他才忙说道：

"大概要三四十万左右，现在纸张太贵，所以一本书总要十多万元。"

"那么你拿五十万元去，多下来做车钿。"

张太太在抽屉里取出五叠十万元的钞票，递给如海。如海接了钞票，便很快地退出房外去。张太太却又叫住了道：

"如海，你此刻就去买吗？"

"是的，因为现在物价，早晚市面不同，钞票多藏一天，就会无形中减少一天的。"

"那么你也该向几位伯母说一句，这么大的年纪了，还是一点儿规矩都不懂。"

如海觉得母亲真有些老背了，不过却也没有办法，只好向三人含混地叫了一声伯母再见，便又匆匆地走了。等他回到书房，只见少云在室中团团地打圈子，好像热锅上蚂蚁的模样。他一见如海，很快地走上来，用了埋怨的口吻，说道：

"怎么去了大半天才来？真把我等得急死了。"

"你知道什么，母亲和几位女客在打牌游玩，一时叫我说不出口，我的心比你可还要急哩！"

"那么你血挨着了没有？"

少云方才笑起来问。如海把钞票向他一扬，一面告诉他，一面和他匆匆地走出去。在大厅的门口，只见父亲站在石级上送着两个日本宪兵队的人员跳上汽车，口里还连声地答应着，好像说的是准定这样办，准定这样办。如海见了父亲怕有许多啰唆，遂拉了少云由边门穿出，掩过父亲的视线，两人方才出了公馆的大门。

两人坐车到米高美舞厅，侍役一见是老主顾，早已招待入座。舞女大班小刘，匆匆地上来，贼秃嘻嘻地笑道：

"张先生，王先生，你们长远勿来玩了啊，要叫曼娜来坐一会儿？"

"好的，你把她叫来是了。"

少云代替如海回答着，小刘便匆匆地去了。不多一会儿，小刘陪了曼娜姗姗走来。她的迷汤功夫很好，媚眼第一。在她坐下之后，先撒娇地白了他们一眼，说道：

"喔唷！你们两位大少爷今天也不知是什么风吹来的？别人家为侬几乎要害相思病了。"

"一共也只不过隔了五天日子，你就要害相思病，如海，大概你的法宝厉害，所以曼娜小姐才会想念得这个样子。哈哈！"

少云听她肉麻得叫人有些汗毛孔一根一根直竖了起来，这就拍了如海一下肩胛，却向曼娜哈哈地笑起来。曼娜向他骂了一声烂舌头的，一面却向如海抿了嘴憨憨地媚笑。如海有些情不自禁的，遂站起身子，拉了曼娜的手，到舞池里去了。

"曼娜，你真的为我要生相思病了吗？"

"嗯！怎么不真？你难道不相信我？"

"相信相信，我当然是相信的，那么今天晚上……"

11

"不要你说下去，回头我约你。"

曼娜那种风骚的态度，会叫人有点儿神魂颠倒的。她似乎又怕难为情了，在暗地里很快地把嘴去碰了如海一下嘴，却又含了勾人灵魂的媚笑。在这一种环境之下，一个涉世未深的少年，安得不迷恋在其中了。一曲音乐停下，两人携手归座，少云笑道：

"你们这样亲热，叫人看了真有些眼痒得很。曼娜小姐，阿好和我来舞一次？"

"我没有什么问题，你要问过了你的朋友。"

"跳跳舞没有关系，只要你不给我戴绿帽子。"

如海听她说要问自己，遂也含笑回答。曼娜一面站起身子，一面在如海的大腿上却恨恨地拧了一把。在男子的心里，认为这动作也许正是爱的表示，所以如海虽然感觉有些疼痛，但他还是不声不响地承受了。待少云和曼娜舞罢归座，不料小刘又狗颠屁股似的走了过来，说道：

"真是非常对不起，给曼娜转一只台子好不好？"

如海虽然有些不乐意，但也只好点了点头。曼娜似乎抱着一万分抱歉的态度，向如海耳旁低低地说了一句，又在他肩上拍了拍，方才说声对不起，笑盈盈地走了。少云问道：

"她和你说些什么？"

"她说叫我不要生气，回头给我甜蜜。"

如海向他老实地告诉，少云也忍不住笑了。正在这时，只见那边走来两个少女，在如海身上一拍，说道：

"哥哥，你好，骗了母亲说去买参考书，原来买书买到舞厅里来了。"

如海回头一看，原来是妹妹柳姑，这就拉了她手，央求地笑道：

"好妹妹，你不要给我告诉母亲，还是大家在这里坐一会儿吧！不过我要问你，你如何也到舞厅里来游玩呢？"

"我原在家里看书，后来这位傅菊英小姐来约我看电影，我想叫哥哥一同去，母亲说你买参考书去了，谁知赶到大光明戏院，竟是客满了，所以我们到这里来听一会儿音乐的。我给你们介绍，这是我哥哥，这是我师兄王少云先生，这是我同学傅小姐。"

柳姑在坐下之后，说到这里，方才又想着了似的向大家介绍着，于是大家含笑招呼了。少云平日本来很有看中柳姑的意思，此刻认为真是一个绝好的机会，这就先含笑问道：

"师妹，你和傅小姐喝什么茶？"

"喝两杯清茶是了，哥哥还没有跳过舞吗？"

柳姑说着，又向如海望了一眼问。少云一面叫侍者泡茶，一面正欲回答，但如海先向少云丢了一个眼风，说道：

"我们也是来听一会儿音乐的，所以也没有跳过舞。"

"我不相信你们有这样的安分，不跳舞到舞厅里是干什么来的？"

柳姑噘了噘嘴，表示不相信的意思。菊英抿着嘴唇皮，却哧哧地笑。如海见菊英大概还只十五六岁模样，看起来比妹妹总要小两三岁光景，遂搭讪着道：

"傅小姐会跳舞吗？"

"不大会跳。"

菊英似乎有些赧赧然的样子回答。如海觉得不大会三个字里至少是会跳的意思，于是他就站起身子，厚了面皮，向她求舞了。菊英还有些难为情，倒是柳姑把她身子推了推，菊英方才跟着如海到舞池去了。两人一走，这更是给少云一个好机会，遂笑道：

"上海的女学生真了不得，十五六岁的小姑娘，都学会了跳舞，这也可见学校里教育的一般了。"

"师兄，你不要老气横秋地来讽刺我们，一个年轻之人，逢场作戏，那也不算什么一回事。像外国地方，跳舞是联络友情，根本并不稀奇的。"

"师妹，你不要生气，我怎么敢讽刺你们。我说像傅小姐的年纪似乎太小一点儿，像师妹的年龄当然是很及格的了。来来来，我们也去舞一次好吗？"

"本当不答应你，现在你既然赔了不是，我就马马虎虎吧！"

柳姑秋波逗给他一个白眼，笑盈盈地站起身子来，也跟他到舞池里去了。少云和柳姑跳舞，还只有今天破题第一遭，他心里当然感到意外的惊喜。在跳舞的时候，少云低低地向她问道：

"师妹，我想你一定已有很知心的朋友了吧？"

"不，你不要胡说白道，我可要板面孔。"

"你不用抵赖的，那天我在马路上亲眼看见你和一个西服少年手挽手地在走路。"

少云见她娇嗔的神情，自有一股子妩媚风韵，遂笑了一笑，故意再逗了她几句说。柳姑这会子真有些生气了，鼓着小嘴儿，哼了一声，说道：

"除非你见了鬼，才说出这些话来。"

"那么你真的没有一个情人吗？"

"有怎么样？没有怎么样？要你问得这样详细。"

"假使还没有的话，在我似乎还有一些希望，倘若已经有了的话，那么我当然是只好死了心。"

"什么？你说的是什么话？"

柳姑一颗芳心倒是怦然地跳动起来，不过她还竭力绷住了粉颊向他一本正经地追问。少云只道她是恼怒了，急得红了脸，说不出话来，幸而这时音乐停止，于是大家归座了。只见哥哥和菊英已经坐在桌边，如海说道：

"傅小姐的舞跳得很好，我想你们一定也常常来游玩的。妹妹，你说是不是？"

"最多每星期一次，你倒问菊英，我可曾骗你吗？"

柳姑笑着回答，菊英含笑点了点头。这时，少云是怀了鬼胎，暗暗地注意柳姑的脸色是不是真的生气了，后来见她依然有说有笑，方才把那颗不安定的心放了下来。坐了一会儿，菊英因为怕家中记挂，说早点儿回去了。柳姑也不留她，就给她走了。这时茶舞快要散场，如海见曼娜远远地向自己招手，遂借故离开桌边，到盥洗室门口。曼娜问他说道：

"客人要带我去吃晚饭，你到底预备怎么样？"

"问你自己呀，你到底喜欢跟谁走？"

"啊呀！你这冤家，那还用得了说吗？我当然是跟你走的，因为我怕你们另有别的事情，所以来问你一声，谁知你倒误会我的意思，反而生气了，这不是叫我太受委屈了吗？"

15

曼娜见他沉着脸色大有愤怒的样子，这就叫了一声冤家，表示很受一点儿委屈的样子，竟欲盈盈泪下的神情。如海这才回过笑容，向她好言安慰了几句，说你在外面等一等，我去和他们说一声，马上就来。曼娜道：

"那么我在金谷饭店等你，你立刻要来的。"

如海连声说好，遂匆匆到桌边来。只见少云和妹妹也正谈得很投机的样子，于是笑道：

"你们再坐一会儿，我先走一步了。"

"哥哥，你到什么地方去？"

"我还有一点儿事情，你只管自己回家去吧！"

如海边说边走，身子早已奔出舞厅外面去了。这里少云对柳姑低低地央求，说大家到外面去吃晚饭。柳姑对于少云也颇钟情，自然含笑答应了。因此兄妹两人，各寻欢乐，不过柳姑在晚上十二点之前是回家的，如海当然是更加乐而忘返了。

第二天早晨，克明匆匆地到张家来陪伴如海去戒烟，谁知一问老妈子，说少爷昨晚没有回家。克明听了，大为失望，觉得表哥这种行为恐怕已到了不可救的地步，因此也只好感叹了一会儿，自管到学校里去了。不料在路上遇见一个年轻的姑娘，她手里拿了一包饼干却被小瘪三抢夺了去，心中一急，向前追赶几步，哪晓得一不小心，身子就跌倒地上。这时路上行人很少，克明见了，觉得人类应有互助之义务，这就奔上去把她抱起来。

第二回

"梅琳、志诚，你们两人好好温习功课，让我静静地干一会儿活计。"

一个年近二十左右的姑娘，对坐在写字台旁两个一男一女的孩子说着，她自己拿了绒线，便坐到沙发上去编结了。这个姑娘的脸蛋儿生得很秀丽，皮肤并不十分白皙，不过却相当的细腻。她穿了一件衬绒花呢的旗袍，外面罩着一件士林布的单衫，在她端庄的态度上看来，就可以知道她是一个很温情的姑娘。

这一个姑娘就是薛红英，说起红英的身世真是十分的伤心和可怜。她从小死了父母，原是给祖母养大的。但是红英八岁那一年，万不料她年老的祖母也会抛弃红英归天去了，因此她是只好由伯父薛秉彦领养了。幸亏红英自幼聪敏伶俐，十分讨人欢喜，所以她的伯母待她像自己亲生女儿一样，红英当然也很孝顺，又因为秉彦上面两个孩子都已夭亡，所以红英也叫他们为爸妈。直到红英十二岁那年，秉彦生下一男一女，男的取名志诚，女的取名梅琳，光阴匆匆，转眼之间，两个孩子也有七八岁了。红英的婚事，并不是秉彦做的主意，原是她祖母在世的时候给她许配的。这几年，受了战事影响，秉彦为人老实，所以并没有发着什么国难财，因此红英在十五岁那年初中毕业之后就没有再进高中，帮着伯母在家中料理家务倒也有五个年头了。

这时红英坐在沙发上，一面编结绒线，一面由不得暗暗地想了一会儿心事：我的婚事，本是从小许配的夫家，听说是姓张的，不过孩子叫什么名字，我却还不知道，年纪大概比我小一岁，还只有十九岁，现在高中读书。同时更听到这几年来张家发了财，买下了洋房有好几座，显然和我们的门第是相关得远了。这种思绪在红英脑海盘旋，她的心中自然是很喜悦。不过她也感到有些忧愁，忧愁的是暴发户家中出来的孩子，会不知辛苦艰难、世故人情，也许他只知道游玩，况且在上海这个繁华都会中，近朱者赤，近墨者黑，随俗浮沉，自然比较容易。就说他是一个很学好的青年，不过既然有了新的思想，万一他在外面另有了心爱的朋友，那么对于这一头买卖式的婚姻，当然是不会赞成。因为现在还是没有提起嫁娶的事情，只怕他们有发退婚的存心。假使真的实行起来，叫我又怎样的好呢？但仔细一想，自己真也太多虑了，有媒有证，若要退婚，自然也没有这么的容易。因此她又想到总是没有亲父母的苦，否则，我也可以厚了面皮向母亲探问探问，就是母亲的心里，恐怕也早已会替我着急起来了。正在这个时候，薛秉彦和薛太太走进书房来，红英连忙站起相迎，给他们倒了两杯茶，志诚、梅琳也叫了一声爸妈，秉彦笑道：

"红英，今天赵家伯伯到行里来看我，他说张家预备下个月二十日来迎娶，我说为什么不预告来通知，一共只有一个月多一点儿日子，叫我们怎么能够来得及预备嫁妆，他说男家统统都已经预备舒齐，叫我们不必预备什么了。我想话虽这么说，总不好意思一个人一只马桶过去的，多少总要买一些东西。"

红英骤然得到了这个消息，芳心里自然十分喜悦，但到底不好意思喜形于色，她微红了粉脸，却低了头，默不作答。志诚听了，先笑起来说道：

"好呀，姊姊要出嫁了，她怕起难为情来了。"

"姊姊出嫁了，我晚上跟谁一同睡呢？"

梅琳和志诚的心里齐巧是相反的，她感到了没有伴侣的悲哀，放下了正在写字的笔杆，若有所失的表情，忧煎地说。秉彦笑道：

"傻孩子，姊姊总不能一生一世伴着你，除非你也跟过去。"

"妹妹跟过去，被姊夫要打出来。"

志诚是男孩子的个性，到底比较顽皮得多，他向妹妹故意这么说。梅琳今年还只有七岁，平日是跟红英睡在一起的。她和红英比和娘还要亲热，此刻被志诚这么一说，她小心灵中更加伤心了，这就哇的一声哭起来。红英这便不能再装作含糊了，放下手中的活计，站起身子，把梅琳抱来，笑道：

"好妹妹，不要哭，姊姊不离开你，你看姊姊不是抱着你吗？"

"这孩子真也有趣，姊姊出嫁了，你应该欢喜才好，怎么却哭起来了？不过红英出嫁之后，在我倒真的是缺少了一个帮手。"

薛太太一面笑着，一面也有点儿依依不舍地说。这时红英抱了梅琳给她拭眼泪，低低地道：

"妹妹，你把这张字写好了，姊姊买饼干给你吃。"

梅琳很听红英的话，遂点了点头，又坐到写字台旁去。秉彦喝了一口茶，向夫人说道：

"那么你明天陪了红英去剪几件衣料来，什么面盆、茶壶、茶杯等日用品也买齐了。"

薛太太点头说好。这时天已入晚，王妈开上晚饭，于是大家坐下吃饭了。夜里，红英和梅琳睡在床上，大家都睡不着，当然，这是因为各有心事的缘故。红英拍了拍她的小身子，低低地问道：

"妹妹，你为什么还没有睡着呢？明天不是要到学校里去念书吗？假使迟到了钟点，先生要责罚的，你还是快些睡吧！"

"我也不知道为什么缘故，今天晚上好像有了心事一样，却不想睡觉。姊姊，我问你，你明儿出嫁了后，不知道还要回家里来吗？"

红英听她这样问，显然是小孩子的口吻，倒忍不住暗暗地好笑，遂吻了她一下小脸儿，说道：

"你放心，我自然还要回家来和你一同做伴的，况且你有空的时候，也好到我家去游玩的。"

"哦！姊姊，我也可以到你们家里来吗？"

"为什么不可以？你这孩子真有趣极了。"

"那么姊姊出嫁了，我是只好跟妈去睡了。"

梅琳在笑过了一会儿之后，她小心灵中似乎总感到有些空虚的悲哀，她忍不住又淌下眼泪来。红英抱着她，哄着她，安慰了

20

一会儿，两人方才沉沉地睡着了。

第二天早晨醒来，梅琳全身发热，却是生起病来。她起初是低低地呻吟着，后来见红英醒了，她连喊着头痛。红英倒是吃了一惊，伸手一按她的额角，果然是像火炭般的一团，这就不由焦急起来，问她要不要喝些开水。梅琳却只管喊头痛，不肯回答。这时王妈进来冲开水，听梅琳在呻吟，问二小姐怎么了。红英一面起身，一面皱眉说道：

"不知怎么的，妹妹却生起病来了，王妈，你倒盆脸水来，我先给她洗一个脸，药茶拿一块去煎一煎，给她出了身汗，也许会退热度的。"

王妈答应着，在瓷罐子里取了药茶，就到厨房去了。这里红英自己洗了脸，又给梅琳擦了一把。不多一会儿，志诚背了书包匆匆奔进来，说道：

"妹妹还没有起来吗？好呀，妹妹书背不出，故意赖在床上不肯起来。哦，面皮也不要，面皮也不要。"

志诚一面乱嚷，一面还把手指画在脸上羞她。梅琳又急又气，在床上便哇的一声哭了起来。红英这就向志诚喝住了，说道：

"弟弟，你可不要胡说白道地冤枉妹妹，妹妹全身发热，身子有病哩！"

"哦！真的吗？这是我错怪了，妹妹，你不要生气，我给你到学校里去请假好不好？"

志诚听了，这才很小心地走到床边去赔不是。梅琳点了点头，遂把眼泪收束了。这时王妈把药茶煎来，红英叫王妈先陪志诚去上学。她拿了药茶，要服侍梅琳喝下。梅琳怕味道太苦，不肯喝，红英说了许多好话，并答应她回头给她去买饼干吃，梅琳方才把药茶吃了。红英给她被塞塞紧，叫她静静地睡一会子。她披上了一件短大衣，匆匆地到上房里来告诉薛太太。薛太太取出钞票，交给红英，说回头我去看望梅琳。这里红英便到外面买饼干去了。

红英买了饼干，在回家的途上，这是意想不到的事情，谁知却被小瘪三抢去了饼干，因为心慌意乱地追赶上去，一不小心，身子便向前冲跌了一跤。这一跤跌下去可也不轻，红英啊呀了一声，却是痛得再也爬不起来。

这时后面便来了一个西服少年，他就是李克明了，把红英身子匆匆地扶起。但红英痛得站立不住，却又靠到他的身怀里去。克明低头向她下面一看，果然膝盖上的袜子全都跌破，而且还沾上了一堆鲜红的血渍，这就呀了一声，说道：

"这一下子可跌得厉害，你这位小姐不能走路了，还是快点儿坐了车子回家去吧！"

红英这一跌几乎跌昏了，她闭了眼睛，眼泪却从眼角旁流下来，直待听到了克明是个男子的口音，方才猛可理会到自己是被一个男子扶住着，连忙睁眸向他一望。四目相对，大家都觉得有些难为情。红英竭力挣扎着站住了，向他点了点头，用了感激的口吻，低低地说道：

"这位先生，谢谢你。"

"不要客气，这真是社会不良，所以才产生这许多小瘪三来。我看你跌得不能走路了，还是坐车子回家。"

克明见她虽然是离开了自己的身怀，但她两脚站在地上却瑟瑟地抖动着，可见她是很感到疼痛的，遂忍不住又重复地向她劝告。红英原是给妹妹买饼干来的，现在饼干抢去了，自己又跌伤了，若这样子空手回去，那么妹妹不是要哭吵的吗？不过他的心中当然不知道我有这一层意思，假使不把理由向他告诉，人家以为我是不知好歹，于是红晕了粉脸，低低地说道：

"我还得再去买一包饼干，谢谢你这位先生！"

红英一面说，一面向他点了点头，她身子又向前面移动着走了。克明是个十八岁的青年了，他似乎也需要异性的慰藉了。因为见红英是个美丽的好姑娘，他心中自然而然地会起了一种爱怜之情，他想在这样偶然相识的机会中能够结交一个知心的朋友，所以他望着已经走了红英的背影呆住了一会儿后，忽然不知哪里来的一股子勇气，他又匆匆地赶了上去，说道：

"小姐，我瞧你这样子走路太痛苦了，还是你在这里站一会儿，我给你去买了来，让你坐了车子回家好不好？"

这在红英的心中真是出乎意料之外的事情，一时倒不免望着他脸怔怔地愣住了一会子。暗自想道，这个少年似乎帮助人家有些太过分了一点儿，不过人家到底是好意，遂微微地一笑，把手向前面一指道：

"饼干公司就在前面不远了，没有关系，不用费心了。"

"哦！那么再见。"

克明也是一个有志气的少年，他之所以有这一种举动，也无非被情感冲动得太过分的缘故。现在被红英这样一拒绝，他才想到自己真的痴得有些可怜，陌陌生生的人家姑娘，你怎么能自说自话地去想和人家做朋友呢？那么这好像也太容易一点儿了，因此他感到羞惭，遂向她一点头，匆匆地到学校去了。一路之上真有无限的懊悔，因为他认为自己这一种举动，多少带了一点儿不正当的成分，所以他在肚子里连喊惶恐惶恐。

红英见他走远了，她站在人行道上倒又愕住了。暗想：这个少年分明是一个学生子，他对我这样地帮助，当然是另有作用的。虽然他的脸蛋儿是够令人醉心的，不过我是一个将要出嫁的姑娘了，何必再去多认识一个男子而加重自己一层无谓的烦恼，一面想，一面由不得叹了一口气。她拐着腿，又去买了一包饼干，方才坐车回家。

到了家里，薛太太见她跌伤回家，自然大吃一惊，忙问怎么一回事。红英向她告诉了，薛太太又疼又恨，骂小瘪三真是可恶，一面又问要紧不要紧。红英说不要紧的，用了红药水涂上了，然后拿布条子包扎了。薛太太说道：

"你还是陪了妹妹睡觉吧！下午我给你去剪衣料，好在你的脾气我也知道，喜欢文静一点儿颜色，太鲜艳了你也不喜欢的是不是？"

红英不好意思回答什么，红了两颊，却不作声。薛太太笑了一笑，便自管回房。这里红英睡到床上去，觉得膝盖上真的些疼痛。梅琳见红英睡下，却翻过身子来，流泪道：

"姊姊，为了我，害你跌伤了。这……这……叫我怎么能够对得住你呢？"

"咦！你原来没有睡着，全都听见的吗？没有关系，我原跌得很轻，你此刻头痛好些了吗！饼干买来了，要不要吃一点儿？"

"姊姊，我好得多了，我不要吃，都是为了饼干，害你跌痛了。"

"傻孩子，好好又伤心什么呢？姊姊说没有痛，你放心是了。"

红英给她拭着颊上的泪水，低声安慰着她。两人相偎着躺了一会儿，红英不免又想起这个少年来，一时倒忍不住暗暗地好笑。因为早晨起得太早，红英有点儿疲倦，倒又睡熟过去了。

梅琳病了三天，红英的膝盖也还只有复原。今天是星期日，大家都起床了。志诚要到公园里去游玩，梅琳也很赞成，红英问过了薛太太，三人便坐车到公园里去了。

星期日在公园里的游人自然是特别的多，而且都是中小学的学生子居多，志诚和梅琳原带了小皮球来的，所以他们便在草地上玩起来。红英没有事情，坐在草地上，取了一本小说书来消遣。正在这时，红英身旁有个少年走过，他口里似乎有口琴的声音，这就抬头向上望了一眼。不料那少年也向红英望了一下，在四目相对之下，大家都咦了一声。那少年便止了步，笑道：

"巧极了，小姐你的伤处好了吗？"

红英在当初还有点儿记不起来，只不过感到面熟而已。如今听他这么一提，才笑了一笑，只好招呼道：

"好了，谢谢你，你也在公园里游玩吗？"

"嗯！你也只有一个人吗？"

这个少年自然是李克明了，他见红英这么回答，显然是招呼了自己，他又感到欢喜起来，因为在公园里面，他觉得比较在路上要方便得多，这就把身子也在草地上坐下了。红英见他自说自话地坐下了，她那颗芳心不免像小鹿般地乱撞起来，局促地道：

"我……我还带了弟弟妹妹来的。"

"他们人呢？"

"你不见他们在草地上踢皮球玩？"

红英把手指了指说，克明随便地望了一眼，又回过头来，笑道：

"不错，今天是星期日，学校里都放假的。我还不曾请教小姐贵姓？"

"哦！我姓薛……先生贵姓？"

红英在回答了之后，好像自己不还问他姓氏，未免欠缺一点儿人情，因此顿了一顿，红了脸又问了下去。克明很高兴地回答道：

"我姓李，名字叫克明，现在大公中学读书。"

红英忍不住扑哧地一笑，克明被她这一笑，似乎理会自己报告得太详细一些了，因此脸也不免浮现了一层红云，笑道：

"薛小姐，你为什么好笑？"

"没有什么，我想你去投考的话，口试起来准可以及格的。"

克明听她说得这样俏皮，觉得这位姑娘倒是刁得可爱，忍不住笑起来了，望着她得意地道：

"假使承蒙你录取的话，那当然是叫我感激不尽了。"

红英听他这样说，虽然觉得他的接口令不错，倒是个聪敏的人。不过在他这两句话中，对自己到底含有些轻薄的成分。这就板起了面孔，瞅了他一眼，说道：

"李先生，你说的什么？"

26

"没有听见，就不必再提了，薛小姐，你在哪里读书。"

克明见她神情显然有些生气了，这就连忙很正经地又向她请教下去。红英要想不回答他，但又怕结了怨，反正萍水相逢，只要今天分别之后，下次总不会再有那么的凑巧遇在一块儿的，那么我今天就不妨和他敷衍敷衍，也没有什么大关系的，何必要这么的胆子小呢？想定主意，遂笑道：

"我现在没有读书，因为我是不识字的，所以说话有地方得罪了你，你可不要见怪。"

"哪里哪里，这你也太客气了，叫我听了，真有些不好意思。像你这么的姑娘会不识字，三岁小孩子也不会相信，况且……你既然不识字，怎么会看书呢？"

克明说到况且的时候，他实在有点儿接不下去说什么好，谁知忽然被他瞥见草地上放着一本小说书，这就灵机一动，扳着了错头，向她笑嘻嘻地反问。红英这就被他问得无话可答，忍不住也嫣然地笑了。克明在她这一笑之中，又发现了她颊上印现一个深深的酒窝儿，这酒窝儿在她脸颊上是平添了不少的娇媚，更令人感到无限的可爱，于是又笑道：

"薛小姐，你干吗不回答？这不是你说谎骗我吗？"

"谁骗你？我真的没有读过书，看小说原是一字一字挨下去猜摹意思的。"

红英不肯承认自己说了谎，她还一味地否认。克明摇了摇头，还表示不相信的意思。过了一会儿，他又说道：

"薛小姐，你府上住在哪儿？我很想和你交一个朋友，不知我可够得到这个资格吗？不知怎的，我在那天一见到了你，我就觉得你这位小姐太好了。"

"李先生，你怎么有些自说自话的？当初我们根本并不认识，你如何就知道我很好呢？这不是笑话吗？"

红英在这俏皮的话中多少包含一点儿讽刺的成分，克明两颊自然而然地会发烧得红起来。呆了一会儿，笑道：

"这也许是我心理作用的缘故，薛小姐，假使你认为我是一片诚心诚意的话，那么请你答应我做一个朋友。"

"做一个朋友原算不了一回稀奇的事，我认为这是无所谓答应不答应的。"

"既然这么地说，那么请你告诉我府上的地址，我可以来拜望你，并你的父母老人家。"

克明听她说得这样大方，遂笑了一笑，一步一步地逼近了她。红英这回倒是难住了，沉吟了一会儿，说道：

"这个请你原谅我，恕我不能告诉你。"

"为什么？你不肯告诉我，那么你明明是并无诚意与我交朋友。"

"也不尽然，因为我家父母脑筋很陈旧，不许女孩子在外面随便结交男朋友的。我想李先生府上在哪里可以告诉我，说不定我可以写信给你。"

克明听了她后面这一句话，方才又回过笑脸来。暗想：这也许是事实，我应该谅解人家的苦衷。于是很快地在袋内取出日记簿来，撕了一张，拿了钢笔，写了几行字，交给她道：

"这就是舍间的地址，我家除了父母两个人，并无兄弟姊妹，所以你有空只管来游玩好了。"

红英接过纸条，少不得看了一眼，见写的是金陵路新光里十六号李克明几个字样，遂把它放在小说书里夹好，说道：

"我过几天一定来拜望你，那么你父母会不会把我骂出来的？"

"不会的，不会的，我爸爸是出外办事情去的，家里只有妈一个人，有时候她也常到隔壁邻居家去打牌玩，所以你到我家来，说不定他们都不会知道。就是妈在家里，我就索性大大方方地给你们介绍了，说你是我从前的女同学。我妈见了你这样一个姑娘，只怕喜欢还来不及，如何还会把你骂出来呢？"

"真的吗？那么我下星期日一定来拜望你。"

红英故意装作惊喜的神情，笑盈盈地回答。克明听了，猛可握了她的手，兴奋地说道：

"你千万不要失约，我在家里恭候你，最好上午来吃中饭。"

"我自己说来，如何还会失约？"

红英一面挣脱了手，一面含笑回答。这时志诚、梅琳都奔过来，一见克明和姊姊说话，便都望着他呆呆地出神。克明问道：

"这就是你的弟弟和妹妹吗？"

"是的，弟弟、妹妹，这位是我从前的同学李先生，你们快叫一声。"

志诚、梅琳很有礼貌地向他鞠了一个躬，还叫声李先生。克明心里十分欢喜，拉了志诚的手亲热地问他叫什么名字，在哪里读书。志诚天真无知，都向他告诉了。红英原是吃克明的豆腐，其实她哪里真诚心和他交朋友，现在听他和志诚说着话，一时怕他问弟弟的住址，所以她觉得三十六着，走为上策。这就站起身子，拍了拍衣服，说道：

"时候不早了，李先生，我们要回去了，再见吧！"

"薛小姐，你可不要忘记刚才说的话，下星期日上午十点钟，到我家来吃中饭好了。"

红英点了点头，便携着志诚、梅琳向公园门外走了。一路回家，心中由不得暗暗好笑，觉得事情真也凑巧，谁知今天在公园里又会和他相遇了。他这个少年真也痴心，不过到底是不怀好意，我今天戏弄戏弄他，也是叫他得一点儿教训，以后不会见了女人再七搭八搭地勾搭人家。红英一路上这样地暗想，她脸上忍不住会浮上了一丝有趣的笑意。

克明眼瞧着红英走远了，他心里真有说不出的喜悦和兴奋，觉得这也许不是一件偶然的事情，早难道我和她前世注定有缘分吗？否则，如何今天又会相遇了？偌大的一个上海，这到底不是一件容易的事情呢！一时又想自己真也太鲁莽了，怎么连她名字都没有问一声。好在她下星期要到我家来吃饭，到那时候再详详细细和她谈谈吧！克明胡思乱想地忖了一会儿，也匆匆地回家去了。

情的魔力真是厉害，在这几天中克明好像会多了一桩心事般的，觉得时间好像过得特别慢。他连吃饭读书的心思都没有了，最好马上就到了星期日。有时候在灯下做功课，好好地会放下笔杆，要把红英的脸容在脑海里映现了一会儿，似乎心灵上就会觉得非常的安慰。自己有了心事，对于如海表哥的行动他也不再去过问了，因为劝他不听，叫自己也就无能为了。好容易地挨到了星期日，这一夜克明是没有好好地睡，东方还没有发白，他就匆匆地起来了。可是既然起来了，这样早到底无事可做，在台灯下看了一会儿书，又觉得有点儿寒意。因此只好脱了衣服，在床上又躺了一会儿。在平日太阳出得很早，可是今天阳光偏迟迟地不肯出来，好容易院子里鸡啼了两三遍，那窗外面才有一线曙光慢慢地透露进来。这会子克明再也忍熬不住了，他匆匆起身，先到院子里呼吸了一会儿空气，计划了一会儿红英到家后招待的情形。一看手表，还只六点十分，东方的太阳，在云堆里映现了后此刻却又躲进去了。这就暗想：不要今天偏落雨了，那可糟了。一时忽又想到了什么似的，便匆匆地走到厨房里去。老妈子还只有起来烧火煮开水，一见了克明，便笑起来道：

"咦！少爷，今天是星期日，为什么起得这样早呀？我还没有烧开了水呢！"

"慢些不要紧，陈妈，我对你说，这里五万元钱，你给我上小菜场里多买几只小菜，因为我有一个同学要来吃饭。妈若没有问你，你不用告诉她，说我给你钱添菜的，知道吗？"

陈妈一面接钱，一面连说知道了。克明于是又回到房中来，把房内又布置了一会儿。这时陈妈倒上面水，克明匆匆漱洗完毕，遂到上房来请安，他的父亲李骏华和他母亲都已起来，父子两人谈了一会儿国际局势。陈妈端上早粥，大家便坐下吃饭。饭毕，骏华有事出去了，李太太道：

"克明，你今天给我到姑妈家中去一次，问问姑妈，如海结婚的日子不知可有拣出了没有？我们也该预备送礼了。"

"妈，今天我有一个同学要来吃午饭，我明天给你去问他好不好？"

31

克明皱了眉毛，表示今天不愿出外的意思。李太太也就不说什么，也没有问他同学是谁。克明自然不好意思自己告诉上去，暗想，等薛小姐来的时候再介绍也不迟。时间是无情的，一分一刻不停地过去，不过在克明的心中还嫌时间过得太慢。老天也真不识相，谁知十点钟的时候真会落起雨来。这淅沥淅沥落雨的声音，好像滴在克明心坎上一样的难受。心中愈急，那雨也愈落得大。克明恨得什么似的，他真要咒骂起天来了。好容易等一场大雨落停，时候已经十二点一刻，陈妈从厨下出来，向克明问道：

"少爷，饭菜都已烧好，时候也不早了，恐怕你这位同学不会来了吧？"

"好，你就把饭开出来吧！"

克明坐在沙发上颓然地回答，他至少是有些懊丧。李太太在旁边插嘴说道：

"这样大雨，人家自然不会来的，你们是不是约好了的？有没有要紧的事情？说不定他下午会来的。"

克明听母亲这样说，知道她没有明白来的这位同学是一个女子，因此也不说什么。这时陈妈开上饭菜，李太太见了见菜碗笑道：

"陈妈，今天的菜怎么多了几样？是不是你贴了钱？"

陈妈望了克明一眼，正欲告诉，克明却偷偷地向她摇了摇头，陈妈才笑起来道：

"我哪里来铜钿贴进去。今天真也运道好，那条鱼和那块肉的钱都没有付，他们也都忘记了，所以我把这些钱又买了几只蟹。"

"真有这样事情吗?"

李太太忍不住好笑起来,克明听妈信以为真,也不觉笑起来。李太太坐到桌边,回头望了克明一眼,见他还坐在沙发上发呆,于是催他吃饭。克明虽然是吃着饭,但心里是在想薛小姐,这一顿饭当然是食而不知其味的了。

薛小姐上午没有来,在克明的心中,当然还希望她下午能够到来。谁知克明在家里等了整整的一下午,仍旧不见她的人。这时克明心中的痛苦,真也难以形容其万一,在别的朋友而说,还可以打电话去问她,或是明天自己去望她。但是这位薛小姐,只有她来望自己,而自己没有地方可以去找她,你想这叫克明心中是多么的焦急?好容易等到了星期日,自己起了这么一个清早,谁知直到现在黄昏的时候,还不见她的倩影,显然今天是不会来的了,再等着她除非是痴子。克明心中有点儿怨恨,他立起身子要到外面去散心。但仔细一想,又停住了步,万一她倒在我走后几分钟来了,这不是叫她失望吗?情愿我在她身上失望,不情愿她在我身上感到失望。他在这样思忖之下,于是又在沙发上坐下了。这一坐下去之后,因为他早晨起得太早的缘故,竟酣然地睡着了。

等他醒来的时候,室中已亮了电灯,而且自己身上也盖了一条细毯。陈妈走进来笑道:

"少爷,你醒了吗?老爷回来了,叫你吃晚饭去了。"

"有没有什么人来望过我?"

"一个人也没有。"

陈妈摇摇头说,克明揉了揉眼皮,忍不住微微地叹了一口气，方才懒懒地走到上房去了。

薛小姐这一个星期没有来，克明是怨老天不作美，有意捣蛋，所以落了这么大的雨。不过他还希望第二个星期日薛小姐也许会来望他。但第二个星期日那天，虽然是风和日暖，却依然不见薛小姐的倩影到来。克明心中这才开始怨恨薛小姐了，他觉得她至少是含有些戏弄自己的手段，因此他真有些愤怒。

日子一天一天地过去，不知不觉地已到如海结婚的日子，很凑巧的这天碰着星期日，所以克明也在新华饭店大礼堂上帮忙做招待。下午三点钟的时候，女家新娘坐着汽车到了，大家都拥上去看热闹。克明也在人丛里面，当他见到这位新娘子脸庞的时候，心中就有一个好生面熟的感觉。等他猛可想到了的时候，这就忍不住自个儿哦哦地响起来了。

第三回

这是克明做梦也想不到的事情，原来表哥的未婚妻薛红英，就是我那天路上遇见的这位薛小姐。不过在当初我如何能想得到？以为同姓的人这也算不了什么稀奇，况且我也根本想不着这许多。一时不免又怨恨红英太会和我恶作剧，她不该吊我的胃口，故意来开我的玩笑，既然她有未婚夫的，就应该早点儿和我说明，那么也好叫我死了这条心。谁知她还要说到我家里来拜望，结果叫我望穿了秋水，弄得梦魂颠倒、茶饭不思，几乎真的要害起相思病来了，这是多么可恨呀！

克明在平日虽然是个很讲正理的人，不过事情临到自己的头上，他也会懵懂起来。此刻他心中只恨红英玩弄自己，却并没有想到自己侥幸地想竭力追求人家做朋友的过错。所以他本来是非常高兴，现在一见到新娘子后，别人都吵着说笑话，他是坐在角落里呆呆地出神，连招待客人的职务都忘记了。

张相卿在这一个时期里可以说是最出风头的人物，所以这次儿子结婚，不惜浪费一切，大事铺张，真是非常热闹。好在他赚钱容易，只要把良心歪曲了一下，马上就好捞回这一笔结婚的费用，这当然是何乐而不为呢？因为声势浩大，交际广阔，所以来道贺的客人，都是自备汽车，有的是军用1号2号照会的汽车，真是车马盈门。大门口特派巡捕维持秩序，还站立了十六个身挂盒子炮的卫队，威风凛凛，谁不企慕。

这时乐声大作，举行婚礼，男女来宾，拥满两旁，新郎新娘随了乐声的节拍徐徐而行。如海今天很高兴，因为他从小没有见过红英，在今日见面之下，方晓得红英是个艳如桃李的姑娘，当然他有说不出的欢喜。不过克明心中和如海是绝对相反，他见了如海的得意，更衬自己的难过，因此他呆呆地站在人丛里，大有哭笑不得的神气。谁知在他旁边站着一个少妇，脸上也显出十分妒恨的样子。这少妇又是什么人呢？难道天下的事情无独有偶的吗？说来诸位也许记得，那少妇原来就是那天打牌的汪太太。汪太太是汪大队长的夫人，说起她的出身原是做向导女的。不过英雄不怕出身低，她到底被汪大队长物色了去，现在做了队长太太，真是身价万倍，谁不要向她奉承呢？但天下事情当然是没有十全十美的，汪太太感到遗憾的是这个汪大队长生得太可怕一点儿，年纪四十朝外，这倒不必去说他。那副尊容，叫人见了会吓了一大跳，一脸孔横肉，满腮胡子，一双三角眼，这样人才在夜里看见了总会把他当作鬼出现的。你想，一个是细皮白肉，如花如玉；一个是七分像人，三分像鬼，这叫汪太太的心中怎么能够称心满意呢？所以她内心是万分苦闷。这也是冤家有孽，那天在相卿家里打牌会遇见了如海，于是汪太太就想转如海的念头了。

常言道，男想女隔座山，女想男隔层板，从可知女子色的魔力真是无出其右的了。汪太太既然存下了这个野心，所以过了几天之后，她便打了一个电话来给如海，齐巧如海亲自接听的。他一听是个女子的声音，因为自己在外认识的舞女太多了，所以一时里也不知是谁打来的，便问她是什么人。汪太太还要故意撒痴撒娇地发嗲劲，叫如海猜一猜，如海自然猜不着，等她告诉了是汪太太之后，如海几乎还想不起这个人来。后来汪太太说了那天在你家打牌玩的，如海这才哦哦地响了两声明白过来了。他问汪太太有什么事情，是不是叫母亲去打牌游玩。汪太太听他这样问，心中怨恨得什么似的，暗想：你这傻孩子，怎么一点儿也不知道我心中的意思？于是连声回答说不是不是，我是叫你帮忙一件事情。如海听了，自然很奇怪，她叫我帮忙什么事情呢？难道问我借钱用吗？但是我自己这几天正在少血，要我打哪儿来钱借给她？如海这样一想，他就忘记了回答，把汪太太这就急了起来，急问他为什么不说话。如海这才说道：

"汪太太，你要我帮忙什么事情呢？"

"我要你给我写一封信，因为我要寄钱到乡下去。张少爷，你此刻马上到大陆饭店四百五十一号来吧！我在这里恭候着你。"

如海听她要自己写一封信，这才把一颗紧张的心轻松下来，连说了两声我就来我就来，他便放下听筒，匆匆地出了大门，坐车到大陆饭店去了。坐在车子上的时候，如海方才想到事情有些奇怪，这时已经黄昏的时候，她在旅馆里等着我写信，这……这……到底是玩着一套什么把戏呢？他似乎觉得事情总不免有些蹊跷。不过既然答应了她，还是大了胆子去看一个仔细。这当然是出乎如海意料之外的事情，想不到写一封信的代价，竟有这样的甜蜜，于是如海这个孩子，到底在情场上做了汪太太的俘虏。这且表过不提。汪太太既然把如海看中到手，她对于这一个公子哥儿那么的人物，自然十分满意。今天眼望着如海和别个女子结婚，她的心中多少也有点儿酸溜溜地不受用。

婚礼完成，众宾欢然，将五色彩纸抛了新人满头满面。如海拉了新娘却向里面房中逃了进去。不多一会儿，新郎、新娘换了便服出来，先拜祭天地和祖先，然后见礼。第一当然是相卿和张太太两夫妇，第二是相卿的弟弟和弟妇，第三是堂房叔伯等。这样挨到了几个老朋友的身上，少云把汪大队长和汪太太拉着请到上座。他们当然不好意思坐下受拜，连说算了算了，但是旁边几个吃豆腐客人，却按了汪大队长夫妇两人坐下了，让如海新人拜见。这时心中最难堪的是汪太太，眼看着如海向自己拜下去，那个心像小鹿般地乱撞。如海心中倒也不在乎，只感到好笑有趣而已。长辈都见完了，平辈们大家也要见礼，表兄弟方面也有几个，因为张太太还有两个妹子的儿子也都有十七八岁的光景，为了节省时间起见，他们克明等几个人就站在一处众见了。红英站在下首，只见对面先站立了三个西服少年，赞礼的说还有一个表弟到什么地方去了。等了好一会儿，方才把一个少年硬拖了来似的，原来这个人就是李克明了。当红英微乜了俏眼，向克明一望之后，不知怎的她的心也会忐忑地跳起来。一面虽然是在见礼，一面却在呆呆地暗想，觉得这个少年好像自己有些认识他的，忽然猛可地想到了，啊！难道就是他吗？红英在心里几乎这样地叫出来。幸而在一鞠躬之后，他们便都走散了。

一切舒齐，六时入席，新华饭店上下三楼挤得水泄不通，足足摆了三百多桌。而且这时堂会也早开锣，大家一面猜拳行令，一面耳听平剧，真是十分热闹。克明因为心中有了刺激，他的酒喝得特别的多，况且他平日量也很好，所以根本不放在心上。因为酒筵的桌数太多，对于新郎新娘每桌敬酒的礼却省了，他们站在正中的上面，用麦克风报告，说新郎新娘在这里敬酒了，于是众来宾也都站起，表示答谢的意思。

李克明和还有几位表兄弟坐在一桌，一个叫王大宝，一个叫秦子钧，还有一个就叫金荣发。王、秦两人本是很会热闹的朋友，金荣发比较老实一点儿。当时大宝见新娘子就是这样马虎地敬酒，心中有点儿不服气，遂第一个先叫着道：

"真岂有此理，这样子不是太便宜了新嫂子吗？"

"对呀，对呀，你这话真是一点儿也不错，我们非想个办法来吵她一吵不可，不知你们大家可赞成吗？"

子钧连连点着头，表示很赞成的意思回答。李克明笑了一笑，他的身子已经有点儿前后摇摆的样子，说道：

"你们不要性急，我们当然要好好吵一吵的，且等新娘子坐了席，我们大家过去敬酒，你说好不好？"

大宝、子钧听了，拍手赞同，荣发拉了拉克明的身子，望着他红红的脸，笑道：

"我看还是省省吧！吃好了酒早点儿去睡的好，看你身子摇摇欲倒的神气，恐怕是要醉了呢！"

"这可是笑话，这可是笑话，我吃酒到现在，从来不晓得醉的，荣发表哥最不好，老是喜欢扫人家的兴趣，你这样地庇护新娘做什么？这可不对，莫非你们有交情吗？"

克明这几句话说得全席的人都笑了起来，荣发虽没有喝酒，两颊也不由热辣辣地发烧得绯红，笑道：

"还说没有吃醉，看你连这些话都嚷了出来。幸亏如海表哥不在这里，要如给他听见了，这还了得吗？"

"这也没有什么关系，现在世界文明，就说你们有些交情，这也算不得什么的。"

大宝在旁边还拼命地吃豆腐，害得众人又笑了一阵。这时热炒又上来了，子钧见克明举了杯子又叫众人吃酒，遂说道：

"克明哥，你也留一点儿量，回头到新娘子桌上去敬酒，她若回敬的时候，你不是也要喝的吗？"

"不要紧，你不要当我真的吃醉了酒，其实我是很清楚的。大宝弟，你听我说的话可曾有一句错吗？"

"真的，一句也没有，一句也没有。"

大宝笑嘻嘻地回答，于是众人举杯喝酒吃菜。过了一会儿，克明提议时候差不多了，我们可以整队出发了，我是开路先锋，大宝和子钧做我的左右两翼，还是请荣发给我们做大元帅。荣发摇头笑着说，我又不会喝酒，可没有资格做大元帅。你们只管去吵，我还要实实惠惠地吃几只好小菜哩！克明听了，不依他，说他没有团结心，应该处罚。大宝道，他不走，也要他走，我们拖了他走，不怕他不走？说着话，拉了荣发就走。荣发没有办法，也只好跟了他们一同到里面新娘子一席上去了。

新娘子席上坐的都是如花如玉的小姐们做陪客，她们斯斯文文的真不像吃酒的样子。本来是很清静的空气，一被四个人走进之后，那四周的空气也会热闹得膨胀起来了。

"我们来敬新嫂嫂的酒来了。"

大宝先嚷着进房，接着拥进了四个吵客。红英这次随嫁来的老妈子就是她家的王妈，王妈从小看管红英，所以颇为切身，她见了四人进来说敬新嫂嫂的酒，于是扶了红英站起，笑道：

"四位少爷真也太客气了，理该我们小姐先敬四位少爷的。"

"那也没有一定的规矩，我们先敬了新嫂嫂也不要紧。喂喂！你们不要抢前抢后，我们排齐了队伍，先来通报姓名。虽然刚才我们见过礼，但糊里糊涂，只怕新嫂嫂还不大清楚。我第一个先来介绍，我是如海兄的表弟，姓李名克明，说起来我们也许在哪里已经看见过了。"

克明走在前头，向红英行了一个四十五度的鞠躬礼，因为有了几杯酒的关系，所以他说话是特别的啰唆。红英见了克明，想起往事，也由不得嫣然地一笑。子钧忙道：

"克明哥，你说话不要勿三勿四。什么已经在哪里看见过了，你见新阿嫂不是在笑你喝醉了酒吗？"

"你以为我喝了酒就说酒话了吗？其实我们刚才不是在礼堂上已见过了吗？这句话难道我是说错了吗？啊！啊！这真是岂有此理，这真是岂有此理！新阿嫂，你说这话是不是？"

克明此刻一半固然有些微醉，一半也是为了心中有着刺激的缘故，所以嘻嘻哈哈故意装作发狂的样子。大宝笑道：

"对对对，你说得不错，那么闲话少说，言归正传，我们还是敬酒吧！"

"慢慢交，慢慢交，敬酒不能太随便，应该有一个方式。你看我这里斟一杯酒，拿在手里，新嫂嫂把嘴凑过来这样子喝干了，你们大家赞成吗？"

克明一面说，一面把两手捧了酒杯，毕恭毕敬地弯着腰，是请红英吃酒的意思。众人见他这种情形，忍不住捧腹大笑起来。红英低了头，回过身子去，却并不理睬。过了一会儿，克明抬起头来，说道：

"啊呀，还没有给我喝下去吗？新阿嫂，你是不是存心坍我台吗？你看看旁边还有三位小叔叔等着要敬你酒哩！好嫂子，亲嫂子，你若不喝的话，我可要跪下来了。"

子钧、大宝听了，大吃豆腐，连说跪下跪下。急得王妈连忙说道：

"啊！李少爷，我们小姐一定喝下一定喝下，不过还是给我拿了杯子来给小姐喝吧！"

"不要你拿，不要你拿，又不是叫你敬酒，既然是我敬酒，那么应该我来拿酒杯呀。"

"不错，不错，新阿嫂，这也没有什么怕难为情的，你就喝了吧，你就喝了吧！"

子钧在旁边怂恿着说。红英却低了头，只管不作声。克明道：

"新嫂嫂你的心肠也太狠了，我的两手实在提得有些酸起来了。假使你再不喝的话，我……真的要跪下来了。"

"克明表哥，你就原谅一点儿，不要太为难新嫂嫂了。"

如海的妹妹柳姑见事情僵住了，遂向克明代为说情。克明望了柳姑一眼，笑起来说道：

"表妹，今天可不是你做新娘子的日子，要你瞎起劲做什么？

等明儿你做新娘子，我就不敬你的酒好不好？"

"人家规规矩矩来劝你几句，谁知你又取笑到我的头上来了，那我可不管闲事，随便你像虾般地把身子永远地弯着吧！"

柳姑一面说，一面表示有点儿生气的样子。众人听她说克明身子像虾似的，因为现在他这一种样子，真的很相像，这就忍不住又大笑起来了。正在这时，如海也进来了，大家都说新郎也来了。克明回身拉了他手，说道：

"表哥，你来得很好，我要你说一个道理，今日做小叔子的敬新阿嫂一杯酒，你说该不该？"

"该，该，这当然很应该。"

"既然很应该，新嫂嫂为什么不肯接受？"

如海没有办法，只好顺从他的意思回答，克明这就连忙追问下去，大有和如海起交涉的样子。如海道：

"我想你单单这样敬一杯酒，她一定是不会拒绝的，除非你又有什么新鲜花样精，这个当然不能接受的。"

"我说新嫂嫂要在我拿着杯子里喝完了酒，这也算不了什么花样精，你说是不是？"

"这个……我倒不敢说是，假使她自己答应的话，那当然是很好的了。"

"如海表哥这话不对，明明是庇护家主婆呀。"

大宝在旁边插嘴说，克明望了望大宝，脸上显出尴尬的样子。子钧在后面抬城隍，说克明坍台。克明说道：

"事到如此，我坍台也只好坍到底了，还是让我跪下来吧！假使跪下来再不喝，我只好在地上躺下来了。"

克明一面说，一面真的在地上跪倒了，急得红英转身要逃，却被克明又拉住了旗袍角。众人见了，早又大笑起来。谁知正在这个当儿，忽然侍役进来很急地说道：

　　"外面拉警报了，外面拉警报了，快快把防空窗帘布拉上吧！"

　　这消息仿佛是晴天中起了一声霹雳，把热闹的空气立刻会静寂下来。大家侧耳一听，果然外面呜呜然的声音正在长鸣不绝。克明跪在地上的身子，也早已站起。几位太太小姐们都会觉得不安起来，胆小的朋友，大家未终席就匆匆地回家了。因为此刻只拉一声长音警报，表示警戒的意思，路上还可行人。张相卿因为这事非关儿戏，所以也不留客。一时之间，宾客散了大半。大宝拉了克明笑道：

　　"这倒是中国飞机帮了你的忙，否则你跪在地上，假使新嫂嫂再不喝酒的话，那你不是要弄得没有落场势了吗？"

　　"这叫作吉人自有天相，我觉得头重脚轻，真的有点儿醉了，况且我妈的胆子也很小，还是早点儿回去了，你预备怎样？"

　　克明笑了一笑说，他按了按额角，打了几个酒嗝，表示真有些头晕的样子。大宝点头道：

　　"你的话倒不错，我也想早些回家了。这几天外面消息不大好，不过话得说回来，其实消息是很好，听说中国飞机要轰炸上海，虽然在上海居住的人民是相当危险，好在这些驾驶员都有目标的，非日本军事区，他们当然是不会投弹的。不过轰炸的时候，在路上行走，到底不大方便，漆黑的一片，若不小心，还要和电线木头相面孔，再触霉头点儿，自然是要挨着吃流弹了。你说是不是？哈哈！"

大宝说到后面连自己也笑起来，克明这时心中很苦闷，兼之有点儿醉意，更加觉得胸口有点儿泛漾漾的，他和大宝说声再见，便匆匆地去找母亲。谁知李太太和骏华也正在找克明，一见他到来，便忙说道：

"克明，你在什么地方？倒叫我们找了大半天，快点儿我们一同回去吧！"

克明答应了一声，在衣帽间里取了大衣披上，跟了父母一同步出新华酒家，早有管理车务的人员给他们跳上一辆汽车，便坐回家去。克明在汽车上一阵子颠簸，腹中已经十二分不受用，等在弄口停下跳出车厢的时候，被夜风一阵扑送，他就哇的一声吐了起来，把吃下的一点儿酒菜吐了满地。李太太又肉疼又埋怨，说他不该这样地大喝，要知道酒醉呕吐是最容易伤身子的，一面埋怨，一面把他扶进弄堂。克明这时头昏目眩，一路吐进弄堂，好容易到了家里，倒在床上躺下的时候，他已经是人事都不省了。这也是克明的运气，因为这时外面已拉紧急警报，还只有拉到第三声的时候，飞机的声音已在上空清晰可闻，接着轰轰的声音也随之而起，于是整个的上海，电灯都已熄灭，早已变成一个黑暗的恐怖世界了。倒是克明醉卧床上，一点儿不知，并没有受到这一场惊吓。

当飞机在上空投弹的时候，幸亏如海、红英新夫妇也早已安然洞房在金屋里了。新房里的防空设备，自然十分周到，所以里面虽然是点着融融的花烛，并亮着一盏电灯，外面是绝不露一点儿光线的。这时红英默默地坐在床边，低了头，似乎有点儿怕难为情的样子。如海因为有了几分醉意，同时他的胆子十分小，所以坐在沙发上也是一声都不响。不料这时轰的一声，特别的响，接着那电灯便熄灭了。如海吃了一惊，便叫了起来。红英见他急得这个模样，便只好厚了面皮走上去，低低地说道：

"我看你有些醉了，还是到床上去睡吧。说不定炸弹落在电力总厂，所以电灯都熄灭了。"

"哎！我也这么地想，上海电灯厂若炸毁了，那真的要成黑暗世界了。红英，那么大家睡吧！"

如海点了点头，站起身子来说。他把手按在口上，还连连地打呵欠。红英有些羞答答地一点头，扶了如海向床边走，给他脱了西服上装，挂进大橱里去，回身过来的时候，只见如海已经跳入被窝内去。他还向红英招手叫道：

"红英妹妹，那么你也快来睡下。"

红英点了点头，忍不住羞涩地一笑。好在室中电灯已经熄了，虽然还有融融的花烛，但光线到底十分暗弱，所以红英也就脱了旗袍，挨近床边来睡了。如海见手表还只有十点钟，遂忍不住笑道：

"要不是飞机来掷了炸弹，只怕此刻新房里还是挤满了人在吵房，所以我倒很感谢飞机，成全了我们这千金一刻的良宵，那不是叫我太欢喜了吗？"

"亏你说得出来，难道你不怕羞吗？"

红英赧赧然地瞟了他一眼，低低地说。她此刻睡在被窝里好像十分局促不安，那颗芳心也感到极度的紧张。如海在醉眼模糊之下，瞧着红英在暗弱光线下的粉脸，觉得更有说不出的妩媚可爱，一时酒兴勃勃，少不得在爱妻的身上顽皮起来。红英在半推半就之下，似乎闻到如海的嘴里烟气味甚为深厚，这就低低地问道：

"如海，你也吸香烟的吗？"

"怎么，难道我嘴里有烟味吗？"

"嗯！而且很气味，我看你这烟的瘾头好像不轻呀！"

"哪里哪里，我是偶然感到兴趣吸一支的。"

如海见她脸上似有不悦之意，遂向她低低地辩解，同时一方面他是进行着温柔的工作。红英微蹙了双蛾，虽有意思向他劝诫不要吸烟的话，可是因为情势的紧张，使她一颗脆弱处女的芳心也就无暇再去顾虑到这许多了。

第二天醒来，房中还是漆黑的一片，如海、红英只道天还没有明亮，仔细一想，方知窗上有着防空布的缘故。这时房外也有敲门的声音，红英忙去开门，只见王妈含笑进来，说道：

"时候不早，小姐，你们该起来到上房里请安端茶去了。"

"我们原是早醒来了，因为忘记了昨夜飞机来所以窗上笼了防空布，一时还以为天没有明亮哩！"

"这倒也是难怪的，小姐和姑爷昨夜一定受惊了。"

王妈一面笑着说，一面把防空布拉过两旁，房中这就又透露进光明来了。红英望了如海一眼，笑道：

"我们睡着了，倒也不听见炸弹的声音了。王妈，你知道昨夜是炸在什么地方？"

"我听厨子方大块头说，是在江湾和浦东，大概是很远的。"

王妈说着，又给他们两人去倒了面水。如海伸了两手，打了一个呵欠，好像还没有睡醒的样子。红英见了，含笑问道：

"怎么还没有睡畅吗?"

"睡是睡畅了，因为我昨夜比较辛苦一点儿的缘故，所以我觉得有些疲倦。"

如海神秘地笑了一笑，他挨近红英的身子，挽住她的脖子，却又去亲她的嘴。红英涨红了两颊，急道：

"你不要这个样子，被人家看见了，难道不怕难为情吗?"

"在我们自己闺房里，那怕什么? 好妹妹，你给我再吻一吻。"

如海却还是嬉皮笑脸的神情，再要挽了她脖子吻嘴。红英虽不忍过分拒绝，但也不好意思马上答应。两人正在缠绕着调情，谁知王妈端了桂圆茶进房，一见他们小夫妻这样恩爱的情形，自然十分欢喜，不过自己已经跨进房中，总不能再退回出去，所以故意咳嗽了一声。如海、红英急忙离开身子，回头见王妈那种笑的样子，显然已经窥到了我们的吻嘴，这就大家都难为情地低下头来了。王妈遂先说道：

"姑爷小姐可曾洗好了脸，那么我们到上房里去搬茶吧!"

红英这才点头说好，遂和王妈到上房去了。到了上房，只见张太太歪卧床上在吸鸦片烟，心中暗想：原来婆婆是吸烟的，吸烟的人思计多端，脾气最难侍候，自己倒要小心一点儿才好。一面想，一面走上前去，叫了一声婆婆，并端上一碗桂圆茶。王妈含笑问道：

"老爷不知在哪里? 我们小姐也要请安搬茶哩!"

"老爷一早有事出去了，回来再说吧!"

张太太一面吸烟，一面回答。这时如海也走进房来，一见母亲歪在床上抽烟，他的烟瘾也引了上来，这就望着烟盘子，连连打呵欠。张太太吸完了一筒烟，坐起床来，拿了桂圆汤吃，一面说道：

　　"如海，昨夜你们吓不吓？我真急死了，断命飞机早不来迟不来，偏偏在昨天夜里来，你想叫人可恨不可恨？"

　　"我倒一点儿也不怕，飞机甩炸弹也不是瞎甩的，没有目标，他绝不会把炸弹掷下来的。"

　　如海正在回答，丫头阿芸把早点端上。张太太叫红英、如海好吃早点心了，红英说柳姑娘在哪里？张太太说这个小姑娘是喜欢贪睡的，恐怕还没有起来吧！你们不必等她，只管自己吃好了。不料正说时，柳姑匆匆从房外进来，笑道：

　　"妈，新嫂嫂第一天进门，你就说我的丑话，我可不依你，你说我喜欢贪睡，现在我不是也早已起来了吗？"

　　大家听了，都忍不住笑起来了。王妈因叫二小姐快用点心，柳姑向红英叫了一声嫂嫂，红英也回叫一声姑娘。如海这时低头匆匆地只管吃着点心，其实他是来不及要到书房里去吸鸦片烟去了。不多一会儿，他放下碗筷，就匆匆地走出房外去了。柳姑本是个心直口快的人，一见哥哥这样急急地出房，便笑了一笑，说道：

　　"我见哥哥真是饿杀的了，假使再不去吸的话，只怕他眼泪鼻涕也都要流下来的了。"

　　"啊！姑爷也吸上了烟吗？"

　　红英听柳姑这样说，芳心这一吃惊，由不得粉脸变了颜色，不过自己还只进门第二天的新媳妇，当然不好追问为什么他会吸上了烟。王妈是知道小姐的脾气，平日不但深恨鸦片，而且对于人家吸香烟，她也时常会劝告人家的。因为她父亲在日，也是为了烟瘾而死的。所以她听姑爷也吸上了鸦片，第一个先代为着急地向柳姑追问。柳姑还没有回答，张太太却先说道：

"我们如海从小有了胃痛病，请医生医治，总也医不好，所以只好吸一筒鸦片，胃病就不痛了，可是一吸两吸，也就吸上了瘾。我想像我们这样人家，就是吸上一生一世，也吸不穷的，所以也就随他去吸上了。况且这孩子从前时常到外面去玩，现在吸上了烟，倒反而安静了许多。为了他不要到外面去荒唐，我倒情愿给他在家里吸吸烟过一辈子的。"

红英听婆婆的论调，倒是赞成如海吸烟，一时她的心中甚为痛苦，因为单从这一点看来，就可以知道他们家庭是腐败到何种的程度了。口里虽不说什么，心中却十分失望，觉得买卖式的婚姻，到底是误了自己的终身了。王妈也是一个直爽人，她对于张太太这几句话，似乎也有些反感，这就插嘴说道：

"不过吸鸦片总不大好，况且姑爷年纪很轻，将来还要在社会上做事业，假使吸了鸦片，会把志气都消磨尽了，这对于姑爷的前途实在很有妨害，所以我们还得劝姑爷戒绝了才好。"

一个吸鸦片的人，最恨的就是有人说吸鸦片不好。况且张太太又是一个胸无点墨而偏又目空一切的妇人，她认为王妈不过是一个低下人，胆敢当面批评吸鸦片不好，这不是明明地来教训我吗？因此心中大为不乐，照她平日的脾气，非要大骂一顿不可，只因为王妈是新媳妇娘家的仆妇，这当然要客气一点儿，因此冷笑了一声，却是没有回答。柳姑也知道王妈言语冲撞了母亲，所以母亲心中很不快乐了，恐怕为难了新嫂嫂，所以连忙打岔笑道：

"昨天晚上幸亏客人散得早，否则我们还在新华酒家，既不能回家，又不好睡在新华饭店，那真是尴尬的了。而且新嫂嫂也耽误了这千金一刻的良宵，现在倒是成全了你们，没有什么人来吵你们新房。可是今天晚上，你可要留心一点儿，我们几个表兄弟一定不肯放过你们的，总要吵几担喜果吃吃不可的哩！"

"吵房原是很应该的事，我们太太早也预备好十担喜果，大概今天就会送来的。常言道，越吵越发，所以二小姐应该多约几个朋友来吵吵的。"

"王妈，你也真会自说自话，只怕我新嫂嫂的心里不情愿呢！"

"这个我们小姐也绝不会的，恐怕欢迎还来不及呢！"

王妈这两句话倒引得大家都笑了。吃好点心，柳姑自管上学校里去读书。这里王妈陪红英回新房来，红英在沙发上坐下，手托香腮，由不得暗暗地想了一会子心事。怪不得昨夜如海吻我的时候，我就觉得烟气味很浓，原来他竟吸上了鸦片。一个年轻的男子，吸上鸦片，这还了得，不是等于在狱中犯了罪一样没有希望了吗？一时想着自己从小死了父母，已经是够命苦的了。谁知现在嫁了丈夫，偏又这样地没有出息，那么我的前途我的终身不全都完了吗？左思右想，总觉无限悲酸，因此再也熬不住地流下眼泪来。王妈是明白小姐心中的痛苦，遂向她低低地安慰说道：

"小姐，你千万不要伤心，我想姑爷也是一个读书明理之人，只要你好好地向他劝告，他自然慢慢地会把鸦片戒掉的。"

"王妈，我只道姑爷是个有作为的青年，谁知他……唉！你想，还叫我说些什么好呢？"

红英被王妈一劝，反而忍不住暗暗地哭泣起来了。王妈这就急了，拍着她的肩胛，把手帕去拭她的眼泪，说道：

"小姐，你是才过门的新媳妇，总不能给人家说一声不懂规矩，所以你千万忍住了伤心，不要哭泣，被底下人看见了，传到婆婆的耳朵里，给她们印象不大好。所以我劝你身子保重，事情已到这般地步，你就是伤心也没有用了，况且姑爷的人还好侍候，只要劝得他中听，他自己也会去戒烟的。我说姑爷所以吸上鸦片，还不是家庭教育不好吗？"

红英听了，也觉不错，只好忍住了伤心，把眼泪收束了。正在这时，如海含笑进房，看他样子，精神百倍，当然这是吸足了鸦片的缘故。他见红英眼皮红红的，显然是哭过了的神气，因为不明白她伤心的原因，这就望着她粉颊怔怔地愕住了。

第四回

　　王妈见如海望着红英呆呆地出神，她便很识趣地悄悄地退到房外去了。如海这就在红英坐着的长沙发上并肩坐了下来，微蹙了眉尖儿，低声地问道：

　　"红英，谁给你受了委屈？为什么好好却伤心起来了？不要难受，你快告诉我，我可以给你抱不平去。"

　　"我才进门不到三天，有谁会来欺侮我呢？"

　　"既然没有什么人来欺侮你，你如何眼泪鼻涕的这样伤心，莫非嫌我家太贫穷吗？"

　　"晓得你家比我家有钱，何苦说这些话来讥笑我？"

　　"啊呀！这真是天地良心的事情，我实在有点儿猜不到你为什么伤心？哦！哦！莫非嫌我的人才和你不相配吗？"

　　"说起你的人品，倒是一个栋梁之材，不过……"

　　"不过什么？不过什么？你说呀，你说呀！"

　　红英听他说到他自己的头上去了，这就沉吟了一会儿，先奉承了他一句，然后便有了一个转变，如海当然是十分性急，所以偎过身子去，向她急急地追问。红英望着他脸，一手按了他肩胛，她显出很温情的样子，先向他问道：

"你不要性急，我先问你一句话，一个青年的堕落，哪几样是最有力的因素？"

"这还用说吗？当然是烟酒嫖赌这四样东西最不好。"

"哪一样比较最厉害呢？"

"最厉害吗？我说这是要看情形而论的。酒能误事，多喝了又容易伤心肺。嫖既伤金钱又伤精神，而且还能使家庭不睦，这当然更不好。至于赌呢，偶尔为之，原是无伤大雅，若沉迷其间，或自不量力，难免倾家荡产，这也是不好。说到这个烟字上面，吸香烟很普遍，吸鸦片……哎！吸鸦片比较不好一点儿。总而言之，这四样东西都是害人之物。"

如海说到吸鸦片的时候，停了一停，因为想着了自己，所以脸微微地一红，几乎有些说不下去。红英听他这样说，可见他是个很聪敏而又明亮的人，不过为什么却去染上了这个黑籍呢？这当然是近朱者赤，近墨者黑的缘故，那么如海之堕落，他的父母当然不能辞其咎的。一面这样地想，一面又微微地一笑，很俏皮地问道：

"你既然想得这样明白，可是为什么你偏去走上了这一条路呢？如海，刚才我听到你是吸上了鸦片烟的消息，我真为你担心，而且我也为你前途痛心，所以我回到自己的房中，我真忍熬不住为你要哭泣起来。虽然我们的婚姻是凭了父母之命媒妁之言而成就的，不过我们今日既然已经结了婚，总希望有个美满的结局。一个青年生长在社会上，虽然不能为国出力去干一番轰轰烈

54

烈的事业，那么至少也不要做一个社会上的寄生虫。你以为反正家中有的是钱，吸几筒鸦片原是算不了什么一回事，其实这种思想是绝对的错误，要知道烟酒嫖赌之中以烟的毒素为最厉害。吸上了烟瘾，等于步入了狱中一样，永远不会有出头的日子。没有钱去嫖女人，这当然可以熬得住；没有钱赌博，自然也不会坐下去。只有鸦片烟这样东西，没有钱吸的话，眼泪鼻涕，真的比死还要难熬。所以鸦片烟害人，不但倾家荡产，还能使人家亡人亡。尤其年轻的人吸上了烟，好像锁上了头枷，无论什么事情都会懒得去做的。你想一个青年，每天只吃不想做，那么他的前途还会有光明的日子了吗，就是人生的意义恐怕也完全地失去了。如海，因为我是你的妻子，所以不得不向你有所忠告，你的幸福当然也是我的幸福，假使你的身子被鸦片烟消磨到幻灭的时候，你想我做人还有什么滋味呢？我听说你的母亲很赞成你吸烟，因为怕你到外面去荒唐，但是和我的思想却绝对相反，我觉得与其给你吸上了鸦片烟，倒还不如给你去游玩的好，要知道父亲吸鸦片，恐怕做子女的会有遗传性，那么你不但害了自己，而且还害了子孙，这是一件多么恶劣的事情。如海，假使你对我有真心的爱，那么请听从我的劝告，快把这鸦片烟去戒绝了，否则，你到将来，恐怕是后悔也来不及了。"

如海想不到红英会和克明一样的，向我劝告了这许多的话来，一时不免呆呆地又愕住了一会子。因为已经有两个人向我这样地忠告，从可知鸦片确实是件不好的东西，那么我总应该下一个决心，去戒除了才好。在这样思虑之后，他便点了点头，说道：

"红英，你的金玉良言，我当然理应听从的，其实我也早已想到过吸烟总不是一个有益于身心的事，所以我为了爱你，我情愿忍熬着戒烟的痛苦，决定去戒烟了。"

"如海，你这话可是真的吗？那叫我真是欢喜极了。虽然戒烟的时候确实是很痛苦，不过你能熬过了这一时的痛苦，到将来就可以得到永远的幸福。你瞧瞧自己的脸，虽然是很白净，不过在白净之中总带点儿憔悴烟容的色彩。假使你把烟瘾戒除之后，那你就会白胖起来，几个月之后，拿面镜子照照，只怕连你自己都会不认识的了。"

红英喜欢得眉飞色舞的样子，她含了无限娇媚的笑容，指了指对面大橱玻镜中如海的脸容，很温和地说。在她这几句话中，显然是包含了多少希望的成分。如海在这新婚第二天的闺房里，对于这位如花如玉的夫人，当然是特别地宠爱，即使红英有什么过分的地方，他也会百依百顺，何况红英说的，句句又是那么动听，那么多情，所以如海抱住了红英的脖子，又把她紧紧地吻住了。良久良久，红英推开他的身子，把手帕抿了一下嘴唇，逗给他一个倾人的白眼，笑嗔着道：

"你自己一点儿都不觉得，你这股子烟气味真难闻极了。倘然你不戒除的话，我真不愿和你睡在一处的了。"

"哦，哦，那么我马上去戒烟，你说好不好？"

"当然很好，那么你快点儿去吧！像你这般烟瘾还不深，大概是不用住院医治的。"

红英很高兴地说。如海站起身子，便匆匆地走出房外去，忽然他又回身进来，红英问他做什么。他却抱住了红英又吻了一会儿，红英又羞又喜，推着他身子，娇嗔似的催他快去，别缠绕人了。如海这才一心一意地坐了车子，到戒烟医院里戒烟去了。

如海拿了一瓶药水，兴冲冲地从医院里出来，他想：红英见我真的在戒烟了，她芳心里一定是很欢喜的了。这时已近中午，如海有点儿肚饿。他本是一个大少爷脾气，不肯熬住一会儿回家吃午饭的，所以他弯进冠生园食品公司，预备买鸡蛋糕先来充饥。哪知事有凑巧，却会遇见汪太太一个人也在买饼干。当时汪太太见了如海，仿佛获得了珍珠宝贝一般欢喜，一把将他身子拉住了，笑道：

"如海，你好，见了我怎么睬也不睬？难道你一娶了新夫人，就把我这个人丢过一旁装作不相识了吗？"

"哪里哪里，我实在没有看见你，昨天晚上，你们回家几点钟了？"

如海见她虽然是含了笑意，但多少包含了一点儿饮恨的成分，这就停住了步，向她低低地辩白。汪太太道：

"我们回家刚睡到床上，外面才拉紧急警报，等飞机来，我那口子早已酣然入梦乡去，可是我却翻来覆去地不能合眼。"

"那是为什么？大概你怕炸弹掷下来。"

"炸弹我倒不怕的，我想你们新夫妇回家之后，不知有没有在圆好梦呢？"

"这个……我们睡觉还来不及，哪里有这样的性急？"

如海想不到她会说出这些话来，一时红了两颊，倒觉得有些难为情，说了"这个"两字，顿了一顿，立刻又谎说了一句。汪太太嘬了嘬嘴，凭着她过去的经验，笑着道：

"得了吧！你会这样的安分，我真不相信你，你手里拿的是什么？"

"我拿的是戒烟药水，因为我想到鸦片的害处，所以我要决心地戒掉它，汪太太，我们再见了。"

如海一面说，一面向她弯了弯腰，匆匆地要走了。因为他这时心中只有红英一个人，为了要博得爱妻的欢心，所以他急于地要回家去，把药水拿给红英看。谁知汪太太却拉住他不放说道：

"你不要走，我们找个地方还得好好和你谈一件事情呢。"

"你有什么事情，过几天再谈吧！今天我实在没有工夫，况且已经吃中饭的时候，我的肚子正饿得厉害呢！"

"喔唷！还只有刚讨进门呢，你就怕得这一份样儿了，到了明天，我看你是只有天天跪在地上的了。你肚子饿，我请你吃饭，你忙什么呢？"

汪太太用了俏皮的话去取笑他，一面拉了他手，已向外面走了。如海一则是要否认自己是怕老婆，二则也是没法再去推辞她，因此只好跟了她走进一家馆子。汪太太点好了菜，拿给如海看，问他还要点只什么好菜。如海说随便都很好，他一面拿了蛋糕先吃起来。汪太太笑道：

"也没有见过你慌得这一份样儿的。"

"你不知道，我刚才在医院里先喝下了戒烟药水，所以就会饿起来了。"

"这样灵验，那又不是仙丹。我说你别装什么正经哩！像你这样环境吸几筒烟算得了什么？不知你听了谁的话，忽然之间却想着去戒烟了。"

"这是我自己的意思，倒不是听了什么人的劝告。哎，哎，我倒要问你，你到底有什么事情要和我好好地谈谈呢？"

如海怕她又来取笑自己，遂向她急急地否认，一面想着了似的，哎了两声，又向她急急地追问。汪太太微微地叹了一口气，秋波逗了他一瞥怨恨的白眼，她有点儿眼泪汪汪的样子，说道：

"世界上的男人都是没有良心的多，一见了新人的笑，哪里就会想得到旧人的哭呢？"

如海听她没头没脑地就说出这几句话来，一时倒弄得无话可答，虽然知道她说的是我，但也只好装作含糊的样子，笑道：

"我不懂你说这些话的意思，谁见了新人就丢了旧人呢？"

"你也不用假装含糊，只要你自己良心问题上对得住我也就是了。"

女人家的眼泪水真多，汪太太在说完了这两句话的时候，便瑟瑟索索地哭起来了。这一来倒把如海弄急了，遂连声地说道：

"汪太太，汪太太，你这算什么意思？我也没有把你忘记了，你这一哭被人家看见了，不是很难看的吗？"

"有什么难看好看的，反正我是一个苦命的人，被人家玩玩就丢了，那也根本不算什么稀奇！"

汪太太还是扑簌簌地落下眼泪来，表示十分伤心的样子。如海怕受人家的注意，不大雅观，这就挨近了她的身子，低低地安慰她说道：

"汪太太，你这话不是太奇怪了吗？我几时把你丢到脑后了？从昨天到现在我结婚也只不过一天工夫，难道我马上约你去相会吗？这……这……叫我怎么能够呢？汪太太，你放心，我总不会忘记你待我的好处，那你总可以不用再伤心了。"

"既然你不会忘记我，那你昨天在新华酒家的时候为什么理也不理我？可见你明明是存心抛弃我了。"

如海听她这样说，倒忍不住好笑起来了，遂摇了摇头，微微地叹了一口气，说道：

"汪太太，那你似乎也太会多心了。在昨天这样人多耳杂的地方，我如何可以和你明目张胆地说话呢？再说你那口子也在旁边，我见他这副尊容，吓得避开他还来不及，怎么还敢来和你说话呢？这是环境如此，那叫我有什么办法？要晓得我们的事到底不能公开的，万一被人知道了，不但你我的名誉扫地，恐怕连性命都要发生危险了呢！"

"可是你偷偷地也该给我一点儿安慰，要知道你跪在我面前拜见的时候，我的心中是多么地肉痛你哩！"

汪太太虽然是收束了泪痕，但她还是显出十二分嗲劲来向如海讨好。如海这回却没有回答她，只望了她微微地一笑。这时侍者把饭菜端上，两人遂默默地吃饭了。汪太太就有着这一点子功夫，到底没有忘记她本来面目的手腕，把好的菜都夹到他的饭碗里去，一面又撒痴撒娇地温存他，弄得如海那颗心灵忍不住又会迷恋起来。吃完了这一餐饭，汪太太付了账，如海笑道：

"叨扰了你，下次我请你吃饭。"

"谁要你说这些话，你此刻得跟我走。"

"跟你到什么地方去？快近两点钟了，我也该回家去交账哩！"

"哼！果然是个怕老婆，还打肿了脸装胖子，我今天可不管，你得跟我一同走不可。"

　　汪太太拉了如海的手，她有些不讲道理的神气，在走出菜馆的门口，就和他跳上一辆三轮车，叫车夫驶到祥生公寓里去了。如海在她这种绑票式的手段之下，竟也没有了反抗的能力，他到底屈服在汪太太的旗袍角下了。

　　祥生公寓也是一个变相的旅馆，那边设备很考究，从前英美人住的很多，自从英美人进了集中营之后，这里面都是日本人和高等华人的市面了。所谓高等华人，也无非是那些汉奸而已。如海跟了汪太太走进一间很宽大的卧房，脚踏在地上没有一丝声息，如海低头一看，原来下面铺了厚厚的地毯。室中光线很暗淡，这是因为拉上线纱窗幔的缘故。汪太太开了电灯，这就显出了柔美的光芒，可是却看不见灯泡在什么地方，原来这电灯都藏在壁缝的圈子里，照映着房中的摆设，更有一种说不出幽静的美感。汪太太脱了身上的夹大衣，回身伸了两手，脸上含了微笑，表示给他脱大衣的意思。如海把戒烟药水放在桌子上，脱了大衣，汪太太早已接过去挂上了，因为见如海呆站着出神，便走上来拉了他的手，笑道：

　　"为什么呆住了不说话？这地方你到过没有？"

　　"没有来过，倒是今天第一次，比国际饭店还清洁得多。"

　　"这也许是你过甚其辞，不过也不下于国际饭店。"

　　汪太太说着，拉他到床边坐下。但她自己却在床上横倒了，秋波斜乜了他一眼，却露着勾人魂灵媚笑。如海一颗心在摇荡着，他只觉得有点儿热辣辣的，脸上发烧得厉害。过了一会儿，汪太太伸手拉了一下子如海。因为是冷不防的，如海的身子也扑了下去，汪太太趁势抱住了他，在他嘴上吮吻了一阵，低低地说道：

"如海，你为什么假痴假呆的不说话？难道你不明白我心中的苦闷吗？"

"也没有见你慌得这一份儿样的。"

如海忍不住笑起来说。汪太太听他话中有因，这就想起自己在菜馆里对他说后句话，伸手拧了他一把，笑道：

"饿了这么多的日子，还不叫我闹着慌吗？"

"可是我此刻绝对不中用，请你原谅我吧！"

"难道你……我不相信你连这一点子精神都没有，我问你昨天夜里和她到底有没有……"

"你不必说下去了，我当然没有这样的安分。"

汪太太恨恨地打了他一下，表示十二分怨恨的意思。忽然她站起身子来，按了电铃。不多一会儿，有个侍者进房，汪太太走近去向他低低说了一句。那侍者答应了一声，便拿进一副烟具来，放在床中间。汪太太拉了如海一同横倒，说道：

"你陪我吸一筒。"

"我才到医院里去戒了烟，你瞧戒烟药水还放在桌子上呢！我怎么还能再吸烟？"

"我不是叫你吸烟，是叫你陪我在旁边看我吸烟呀！"

汪太太乌圆眸珠一转，向他笑着回答。如海听了，暗想：那也不要紧，我就陪着她吸一筒，等她吸完了一筒，我可以马上就走的。在如海当初心中是想定了主意，可是吸烟的人，闻到了这一阵一阵鸦片烟香气的时候，无论怎么坚强意志的人也会慢慢地熊不住起来。但汪太太却呼噜噜呼噜噜自管地吸烟，故意装作不理会的样子。等她吸过了两筒之后，如海再也忍耐不住了，他伸手去要过汪太太拿着的烟枪，凑在嘴上也吞云吐雾地吸起来了。汪太太在如海吸到嘴里之后，便把一条腿儿放到他的身上去，笑道：

"如海，这可不是我叫你吸的。"

如海被她那条腿一搁之后，全身顿时起了异样的变化，这才感到自己是上了她的圈套。靠着几筒鸦片的力量，如海在汪太太身上又尽了一次义务。这样直到黄昏降临大地的时候，如海才匆匆地走出了祥生公寓。当他望到手里拿着这瓶戒烟药水的当儿，一阵子羞愧涌上了心头，这就忍不住深长地叹了一口气。

如海回到家里，三脚两步地走进新房，却不见红英的人。阿芸从里面出来，一见如海，便叫着说道：

"少爷，你这一下午在什么地方？家里来了许多客人，新奶奶都在上房里，你快点儿去吧！"

如海含糊地应了一声，他便急急地走到上房，果然见姑妈姨妈表哥表弟等都在上房里打牌游玩，红英在旁边给张太太和几个长辈递烟，小心地侍候着。克明见了如海，便笑道：

"表哥，你不在家里陪伴新嫂嫂，怎么在外面去了一下午？你是在什么地方呀？"

如海先向长辈们招呼了，然后拉了克明，走到书房里，把戒烟药水瓶取出来，给他看了一看，说道：

"我老实地告诉你，我是戒烟去的。"

"啊！真的吗？表哥，你今天怎么会觉悟了？那真叫我欢喜极了。但愿你有这一份勇气把烟戒掉，那么不但是你的幸福，而且也是表嫂的幸福。"

这似乎出于克明意料之外的事情，因为自己几次三番地劝告他，他总是嘴应心不应的。现在他既然自动地去戒烟，这不是叫人感到一件喜欢的事吗？原来克明昨夜喝醉了酒，今天在学校里继续请一天假，他心中是很替红英可惜着。他觉得像红英这么一个美貌聪明的好姑娘，应该嫁一个有作为的青年，那么才能相称一对良缘。现在表哥是这样不争气，学校里十天倒有九天是不到的，"学问"两字根本不放在心上，一天到晚只知道跳舞之外，却又吸上了鸦片烟，这样行为，可怜红英还有什么希望吗？但此刻听了如海的告诉，他又十分高兴起来，握了如海的手，表示很敬佩他有志改过的神气。如海笑了一笑，说道：

"这当然还是表弟平日相劝的力量，所以我心里非常感激你。"

"自己兄弟，还说什么客气话呢？我见表嫂这人很稳重，而且很多情，所以你更应该努力来做一个人，不要使表嫂感到失望的好。"

克明这个人也很偏重于情感，因为他对红英本来是非常倾爱，现在既然知道她就是自己的表嫂，他当然是只好死了一条心。不过爱的范围很广，他为了爱红英，所以更希望表哥做一个有用的青年，使红英能够得到一个好丈夫。这在克明的心中好像也会得到无上的安慰。如海听表弟这样说，可见自己有了这一个美而贤的好妻子，是很使人感到羡慕的，他笑了一笑，表示十二分的得意。就在这时候，阿芸来请两人到上房里一同吃点心去了。

这天晚上，众人本来预备吵房，谁知吃晚饭的时候，警报的声音又呜呜地拉了起来。因此大家心慌意乱地吃好饭，就各自匆匆地回家，倒又便宜了如海和红英两个人，很早地可以回到新房里来休息了。此刻如海坐在沙发上，只管连连地打呵欠。红英以为他烟瘾又上来了，便把戒烟药水用羹匙倒了一格，笑起来道：

"你就熬熬过去了，快喝了药水，这样熬过了几天，自然慢慢地会戒掉的。"

如海点了点头，一面接过羹匙喝了药水，一面又拉了红英在身旁坐下，望着她粉脸，憨然地傻笑。红英问他笑什么，如海说我真高兴有这么一个美丽的好妻子，一面说一面又去吻她的嘴。红英觉得还有些难闻的烟气味，这就微蹙了眉尖儿，说道：

"你满嘴的烟味仍旧很难闻，可见鸦片烟这样东西真是十二分毒得厉害的了。这次你若能够戒掉的话，倒的确是脱离苦海登彼岸的了。"

"这还不是你的力量吗？所以我今后的幸福，也可说是你赐给我的。"

如海拉了她的手，亲热地回答，可是不多一会儿，他又按了嘴连打呵欠。红英知道戒烟确实是件很难受的事，遂把下午家里拿来的喜果，拿一盒来给他吃，说这样也许可以忘记了吸烟。其实如海此刻的打呵欠，倒并不是为了烟瘾上来，实在是因为下午在汪太太身上尽过分的能力，所以使他此刻疲倦得最好马上就睡了。不过心中的事，当然只有自己明白，遂站起身子来说道：

"还是给我早点儿睡吧！"

"也好，那么我来服侍你睡下。"

红英说着话，给他脱了西服上褂，等她挂在橱内回过身子来的时候，只见如海早已睡进被窝里去了。这就笑了一笑，自己也脱衣就寝。等红英睡时被内的时候，如海鼻鼾的声音也已很响了，于是红英悄悄地熄了电灯，也就沉沉地熟睡去了。

红英以为如海能熬过了不吸烟，这当然是件很好的现象，所以她是十二分的欢喜和安慰。但是她又哪里知道如海在祥生公寓里照样地在吸烟，而且还在大伤其精神和元气呢！因为晚上睡得早，第二天自然也醒来得早。如海这时醒来之后，他的烟瘾倒是真的上来了，因为红英还熟睡未醒，于是他就偷偷地起身，来到书房里偷吸了两筒烟，又怕和红英亲嘴的时候被她闻出了气味，他又先漱了口，刷过了牙齿。等他回到新房的时候，红英亦已起身对镜在梳洗了，因向如海问道：

"怎么大清早就起来了？不怕受了凉吗？"

"我在院子里呼吸新鲜空气，这是很有益于身体的。"

"你今天觉得身体怎么样？"

"嗯！很好，我此刻精神爽朗，并不觉得有什么不舒服。"

如海笑嘻嘻地回答。红英是不晓得他已经偷偷地吸过了烟，所以心里倒很喜欢，一面叫王妈换了洗脸水，给如海洗面，一面又对他低低地说道：

"今天是三朝了，我们应该回门去探望父母的。虽然我是从小死了父母，但伯父母待我像亲生女儿一样，所以我也把他们当作亲爹娘一般看待。这次回门，他们少不得要向我盘问盘问你的情形。我是一个很要面子的人，所以绝对不告诉他们说你是吸鸦片烟的，好在你本来已经预备戒绝了，不过今天我们在那边至少要玩一整日才能回家，你不知道能不能熬得住不显露痕迹吗?"

"你放心，这个我当然熬得住，总不会给坍台的。"

如海点了点头回答，表示很有把握的样子。红英于是又向王妈低低地叮嘱了，两人遂到上房来请了安，用过早点心之后，方才坐了自备汽车，到薛秉彦家中来了。

今天秉彦的家中自然也相当的热闹，许多亲戚都来看新姑爷。论如海的外表当然是年少英俊，十分漂亮，所以不知他是个吸烟的人，无不啧啧称羡。红英虽然很喜欢，但在喜欢之中多少包含了一点儿哀怨的成分。梅琳、志诚有三天不见红英了，此刻偎在红英的怀内，显得特别的亲热。薛太太陪在旁边，也向她问长问短地问个不了。这在红英的心里原是意料之中的，但是为了要面子，她当然是含了笑容，一百二十个地说好。薛太太只道侄女儿是真心的话，所以倒放心了不少。

吃过了午饭，几个亲戚提议还是打牌游玩，因为这样子空坐着也很无聊。上海人对于叉麻将是很风行的事情，所以大家都很赞成，秉彦说道:

"说起搓麻将，我倒想着前天夜里我们隔壁的一件吞牌的事情来了。"

"什么吞牌? 难道是吞牌自杀吗?"

众人听了，都忍不住惊讶地问。秉彦摇头，一面吸了一口雪茄，一面很痛愤而又很感慨地说道:

"哪里是吞牌自杀? 说起来上海的市民胆子原也太大，好像他们知道飞机来掷炸弹，绝不会在市区滥施轰炸的模样。所以虽然外面在拉紧急警报，他们里面还安然地玩着骨牌。齐巧被几个日本宪兵听见了抹骨牌的声音，他们便敲门进内，先向叉麻将的人打了几个耳光，操了不纯粹的中国话说道：你们的胆子真太大了，外面飞机哗啦哗啦掷炸弹，你们都统统不怕死吗？既然不怕死，你们大家吞两只牌到肚子里去，旁边看的人吞一只牌，啥人不吞，啥人就一枪开死。"

众人听秉彦说到这里，大家脸上都显出紧张的神气，不约而同地都骂了起来，说道：

"断命日本乌龟，想出来的法子总是绝子绝孙的，这样硬的骨牌怎么能够吞得下去呢？那肚肠不是也要胀断的吗？"

"他们真不管你死活，要你们吞牌，还有什么强一强的吗？这些人看事情没有挽救的地步，假使不肯吞牌的话，日本乌龟原是惨无人道的，他们说得出做得到，当然会一枪要了你的性命。在这一个环境之下，死掉几个中国人算得了什么稀奇，因为我们住在沦陷区的人民，根本已做了他们铁蹄下的牺牲品了，所以在迫不得已之情形下，只好依照日本乌龟的吩咐，大家一齐表演吞牌。他们见目的已达，遂扬长而去。这里六个人急忙车送医院去设法救治，可是有四个人已经胀断肚肠而死，你们想晚上打牌真是太危险了，所以在他们势力范围之下，还是忍气吞声，总要自己识相一点儿才好，否则牺牲了性命，也等于死掉一只狗差不多，还有什么法律可以来给你申冤呢？唉！这种残忍的手段治人，我预料他们横行的日子也绝不会久长的。"

秉彦说完了这几句话，忍不住又深深地叹了一口气，表示敢怒而不敢言的神气。大家听了，不由自主地会打了一个寒噤，说道：

"想不到真有这样的事情，我们听了，真有些汗毛凛凛的，那么还是坐着大家谈一会儿吧！不要又麻将玩了。"

"在白天原没有什么关系，不过重庆方面听说也绝对禁赌，否则军法从事。本来在上海的市民也未免太醉生梦死一点儿了，比方说，前线打得这样厉害，在上海还是跳舞的跳舞，作乐的作乐，现在被日本人来收拾，也是给他们一点儿教训。"

这是秉彦的叔父说的话，他是个七十二岁的年纪了，不过他平日也很喜欢玩玩骨牌，虽然他说的有些矛盾，不过到底也是有感而发的。这时他的儿子，也是秉彦的堂兄弟秉良，说道：

"日本人对待我们中国人这样的残酷，倒还是情理之中的事情。听说德国打进巴黎的时候，对待法国人民，恐怕还要残酷到十倍。不过最可恨的，就是这班为虎作伥的汉奸们，他们忘记了祖国，忘记了自己的祖宗，竟然助纣为虐地欺凌自己同胞，这种丧心病狂的奴才真是可杀到一百二十分的了。你们可曾听见火车站黑帽子蒋士彦杀人的惨案吗？他仗了华中铁道公司日本人的势力，横行不法，一班做单帮的贫民，可怜没有一个不受到他的欺诈。"

众人听秉良这样说，大家遂请他说下去。秉良于是接着告诉说道：

"事情是这样的，有个叫徐佩文的妇人，因为家里贫穷，所以也在做单帮赚钱，贴补家用，虽然她腹中有了身孕，不过还在辛苦地来去地做单帮。那天清晨四点光景，天没有发亮，她就匆匆到火车站去买车票，可是买票的人已像排长蛇阵般许多许多了。车站上的黑帽子，其中有个蒋士彦的，生得一脸横肉，仗了日本人的势力，欺侮贫民，是算不得一回事情的。大概他想调戏徐佩文，被徐佩文骂了几句，他就恼羞成怒起来，拉了徐佩文到办公室，百般侮辱。因为徐佩文不甘受辱，难免有违抗的举动，谁知蒋士彦大发兽性，将徐佩文拳足交加，痛打一顿，结果徐佩文受伤堕产，不幸殒命。现在虽然被捕入狱，却还没有定他死罪，你想这种畜生可恨不可恨呢？"

大家听完了这一件惨案，不约而同地都骂了起来。这时秉彦已把台布在桌子上系好，倒出了骨牌，笑道：

"大家不要说了，还是快点儿入局吧！"

因为人多，所以在书房里也摆了一桌，如海也凑上了一脚。这天他们新夫妇在薛家吃过了晚饭，方才回家去的。

如海在家里住了一星期，只好又到学校里去读书。这天克明和如海在校园里散步，兄弟俩偶然说起新婚之乐，如海在克明面前这就卖起老来，笑道：

"这个你是外行的，我到底是过来人，说起新婚之乐，你哪里知道个中的滋味呢？"

"你也不要倚老卖老，我原要请教请教你，第一夜，你们陌陌生生的到底谁先开口说话呢？"

"说起来还是红英先向我说话的，红英的皮肤真细腻，可说是绝无一点儿瘢疤的。"

如海有点儿得意忘形地全都说了出来。克明笑了一笑，说道：

"你难道看得这样仔细吗？她难道尽管让你看的？"

"在床笫之间，夫妇难道还怕什么难为情不成？红英全身仿佛羊脂白玉似的，真叫人可爱。"

"你没有看清楚，也许膝盖上还有一个伤疤。"

克明说这两句话的时候，原不用考虑到这许多，无非是兄弟之间开玩笑而已。但听到如海的耳里，当然不免大为惊奇起来了。

第五回

　　如海听克明竟然知道红英身上有这一个秘密，一时当然十二分吃惊起来，不过他表面上绝对不露一点儿痕迹，还是毫不介意地笑了一笑。正欲向他再问怎么会知道她膝盖上有一个瘢疤呢，不料此刻上课的钟已经敲了，于是大家把话停止，匆匆地回到教室中去了。如海的脑海里根本没有把教授讲解的书本向脑筋里印进去，他是只管一阵地猜疑着。红英膝盖上有一个瘢疤，我倒没有仔细去留意它，谁知克明却比我早先晓得了。因为这瘢疤不是在脸上和手臂上，却是在膝踝上面，一个男子能够知道下身有瘢疤，这当然事情有些蹊跷，大有研究的必要。假使现在是盛夏的季节，那还可以说偶然见到红英把腿露了出来。不过现在是深秋的天气，女子们都穿上了长袖子的旗袍，连两条膀子都不容易看到的，那何论是大腿呢？如海在这样思忖之下，似乎肯定红英在过去和克明一定有私情的，否则，何以知道她下身的瘢疤呢？一时只觉有股子酸溜溜的气味直冲到鼻端上来，恨不得立刻把红英打了一顿，出出心中的妒恨。不过仔细一想，自己倒不要太鲁莽了，也许表弟和我是开玩笑而说的，我岂能莫名其妙地和红英去认起真来？那么我今夜睡觉的时候，至少在红英膝踝上先看一个仔细，然后再做道理。

如海打定了主意之后，等学校里放了学，他也不回家中去，生怕自己脾气暴躁，没有调查清楚先吵了起来。所以他又到舞厅里去消磨时光，直到晚上十点敲过，方才匆匆地回家来。轻轻地推进房门，只见里面还亮了电灯，红英手里拿了绒线活计，却歪在沙发上睡着了。这情形很可以知道她在等自己回家等倦了，所以打起瞌睡了，如海心中倒不免又起了一阵爱怜之意，正欲上前去唤醒她，忽然暗想：这是我偷看她秘密一个好机会呀！如何却把她去弄醒来呢？一面想，一面蹑手蹑脚地走到她身旁，伸手慢慢地去撩她的旗袍。因为她是穿了长筒丝袜，所以还不能见到她膝盖上是否有瘢疤，于是他又把红英腿上的丝袜慢慢地剥下来，剥到膝踝上的时候，果然见有一块黑黑的伤疤。当他见到这块伤疤的时候，那一股子怒火会向头顶上冒了起来。就在这个当儿，红英嗯了一声，却是醒转了。她伸手揉了揉眼皮，向如海一望，不由呀了一声，笑起来说道：

"如海，你什么时候进房的？瞧我这人真好睡，等门等得竟睡着了。"

"还说呢！假使我是个歹徒的话，那你不是要被我奸污了吗？"

如海竭力熬住了怒火的发展，他用了埋怨的口吻先向她这么地说。红英站起身子来，秋波逗给他一个白眼，笑道：

"你说这话，我也不是死人啰！况且歹徒也不容易走进外面这扇铁门来呀！今天怎么这样晚回来？大概又在什么地方跳舞了是不是？"

红英一面说，一面又来给他脱西服上褂。在平日如海抱住了红英，至少要甜甜蜜蜜地亲一个嘴，但是今天因为心中有了气，当然没有做出这个举动来。他沉着脸，一面躺到床上去，一面淡淡地说道：

"我又不是在做舞女，你怎么老是猜我在跳舞？难道我就没有三朋四友约了在外面谈谈的？"

红英碰了他这一个钉子，也就不再作声，自管脱了旗袍，睡进被窝里去的时候，如海却把身子转了一个侧，表示不愿见她的意思。红英暗暗奇怪，因为想想自己没有错处，心里也有点儿生气。不过转念一想，做妻子的似乎总应该低微三分。所以她伸手去扳如海的肩胛，脸上还是含了微笑，低低地问道：

"如海，你在外面受了谁的委屈？怎么回家要在我身上出气呢？"

"哼！你这是什么话？我敢在你千金小姐面前出气？"

红英再度被他碰了一个钉子，一时她再也忍熬不住地把眼泪滚落下来。因为心中有了气，大家背对背地睡着，也就各不理睬。虽然室中的灯光是熄灭了，不过各人还没有熟睡，一会儿如海在转身，一会儿红英在揩泪水。这样直到子夜二点敲过，如海方才入梦乡去。可是红英还不能合眼，她觉得如海今夜回来忽然对自己发起脾气来，真叫自己丈二和尚摸不着头脑了。就说我有什么错处，也该对我明白地说出，现在他不声不响，只拿话来讽刺自己，无非欺侮我是一个没有亲爹娘的女孩子，所以把我这样

74

地委屈，看起来当然是他外面有了相好，所以就这样地冷待我了。红英在这样思忖之下，觉得自己身世可怜，忍不住暗暗地哭泣了一夜。

第二天还是红英先醒来，她匆匆地起身，为了不要给王妈知道自己是哭了一夜的，所以在热水瓶里倒了水，自己先洗了脸，把脂粉扑了上去，以遮蔽眼皮的红肿。这时如海也醒转了，红英照旧服侍他起身。王妈端了脸盆水进来，含笑说道：

"姑爷、小姐都起来了吗？其实时候还早呢！"

"昨夜睡得早，所以很早便醒了。"

红英还是装作没有事儿的样子，微笑着说，一面服侍如海洗脸。王妈悄悄地退到外面去。如海洗毕脸，匆匆地要走。这回红英可忍不住了，遂把如海拉住了，说道：

"如海，你到底为什么不高兴？我有什么错处，你竟讨厌我得这个样儿？你好歹给我说一个明白，我就是死了也甘心的。"

"你自己做的事情难道你还不明白？倒要我来向你告诉吗？真是笑话！"

如海冷笑了一声，他恨恨地挣脱了红英的手，便头也不回地向房外走了。红英虽然从小死了父母，但为了做人伶俐，伯父母十分宠爱，所以从来也没有受到过这样委屈，因此她倒在沙发上，这会子再也忍熬不住地呜呜咽咽地哭泣起来。

红英这一哭不打紧，把正从房外走进来的王妈倒大吃了一惊，遂忙来扶起红英，咦了一声，问道：

"小姐，这……这是怎么的一回事情？刚才还不是好好的吗？如何一忽就伤心起来？姑爷的人呢？你们难道吵了嘴吗？"

红英被王妈一问，她愈加伤心了，遂抽抽噎噎地哭个不停。王妈一面拧手巾给她拭泪，一面劝慰她说道：

"小姐，你有什么委屈，你只管对我说。你这样子闷在肚子里，不是要闷出毛病来的吗？况且你还是一个未满月的新媳妇，你这样地哭泣，万一被丫头们传到太太的耳朵里，倒反而要说是你不好的。所以你千万要听我的话，快不要哭泣啦。"

红英听她这样说，觉得这话倒也不错，遂忙收束了泪痕，由不得轻轻地叹了一口气。因为王妈再三地追问她，她是只好含泪告诉道：

"王妈，你问我为什么事情吵闹，这叫我连自己也莫名其妙。昨天晚上他是没有回来吃饭，我直等他到十点多钟，他才回来。之后，我问他在什么地方玩，他就先给我碰一个钉子，我当初还忍气吞声地软语相慰，又好好儿地问他，他却不声不响地给我一个不理睬。早晨我见他匆匆地出外，遂拉住他说话，哪晓得他把我一推，头也不回地走了。王妈，你想，才结婚不到半个月，他就对我这一副态度，夫妻将来日子久长，那叫我还能在他身旁做人了吗？"

红英说到这里，一阵子悲酸，忍不住又滚下眼泪来。王妈正欲安慰与她，却见柳姑匆匆地进房，她似乎听到红英末了这一句话，这就望着红英怔怔地愕住了，说道：

"新嫂嫂，你为什么这样子伤心？谁给你受了委屈？你就做不了人了。"

红英一见柳姑，连忙收束了泪水，因为柳姑这两句话说得很厉害，这在红英的脸上自然感到十二分难堪。要想和她声明自己说的话，但一时里却又说不出口，所以只有默不作声。王妈恐怕姑嫂之间引起了误会，这就代为解释道：

"二小姐，你不知道，因为姑爷和我们小姐昨晚多了几句口角，所以有点儿难过，我也正在劝她，两小口子吵了几句嘴，那也算不了什么稀奇。常言道，一会儿吵，一会儿好，越吵越要好。你看姑爷今天很生气地出去，等会儿学校里回家，还不是早已笑嘻嘻地把一些气恨全都忘记了吗？"

"哦！原来和我哥哥吵了嘴，我说哥哥这人的脾气原是从小娇养惯了，所以有什么地方冲撞了嫂嫂，嫂嫂也该原谅他三分才好。我劝嫂嫂也不用伤心，被人家知道了才结婚不到半个月就哭哭啼啼，到底也很不吉利吧！"

俗语说道，尖嘴姑娘，想不到柳姑说的这几句话真的是尖嘴薄舌的十分尖酸，听到红英的耳朵里，自然备觉悲苦，因为自己素来不爱拿话去尖利人家，所以听了柳姑这些话，她除了气愤得流泪外，却再也回答不出什么话来。王妈觉得柳姑未免有些多事，要她这样尖酸地来教训人家，徒然伤了感情，正是何苦？不过我们小姐向来老实，被她这么地奚落，这就太受一点儿委屈，于是她忍熬不住也淡淡地笑道：

"二小姐这话真也太客气一点儿，夫妇之间，本来用不着原谅不原谅的，吵吵好好，这也常有的事。说到娇养惯的话，我们小姐在家里的时候倒也从来不受一点儿委屈的，就是因为太娇养了，所以听不起重话，在自己房中伤心一会儿，那也说不上吉利不吉利两个字。比方说二小姐将来结了婚，倘若受了姑爷的委屈，当然也忍不住会伤心一会子的，你说是不是？"

王妈是年老有见识的，她一面说，一面还是嘻嘻地笑。这把柳姑恨得什么似的，暗想：嫂嫂不说话，倒叫你一个低下人来回我的嘴。她气得涨红了两颊，要想和她吵几句，但却又无话可说，因此冷笑了一声，便自管地退到房外去了。红英待柳姑走后，气得又哭起来，说道：

　　"我倒没有想着姑娘竟这样的尖酸，唉！这难道是我生成的苦命吗？"

　　"小姐，你别那么说，好在姑嫂之间不会永远在一起的，早晚她也要做人家的媳妇去，所以你也不必和她一般见识，去生她的气。"

　　王妈听了，又向她低低地安慰。红英因为昨晚一夜未睡，再加早晨哭了一会儿，此刻有点儿头晕目眩起来，遂叫王妈到上房婆婆那里去说一声，小姐有些不舒服，所以不来请安了。王妈点头答应自去，这里红英躺到床上去，想起自己在这里做人的难处，忍不住又流了一会儿眼泪。

　　柳姑所以到红英房中来，是听了张太太的吩咐，因为如海昨晚没有回来吃饭，此刻他一走又没有到上房里去，所以张太太有些放心不下。不料柳姑到了哥哥房中，却有了一肚子的气愤走出来，到了上房之后，却板了面孔，一声都不响。张太太见了当然很奇怪，遂问道：

　　"柳姑，你哥哥可曾在新房里？为什么一面孔不高兴？难道和你哥哥吵了嘴吗？"

　　"倒不是哥哥和我吵了嘴，他和嫂嫂不知怎么吵了嘴。我到哥哥房里，哥哥已经出去了，嫂嫂却在哭泣，说什么做不了人。

78

我问他们为什么要吵起来，才结婚不到半个月，哭哭啼啼不是被人家笑话吗？嫂嫂倒不说什么，谁知王妈这断命老太婆却向我教训了一顿。都是妈不好，要我去找哥哥，本来他们的事情，我原犯不着去多管的。"

柳姑撇了嘴儿，絮絮地说到这里，却有些盈盈泪下的神气。张太太听了女儿单面之词，心中自然十分气愤，遂冷笑道：

"王妈她是什么东西？敢来教训你吗？客气的在这里多住几天，不客气的马上给我滚回去，我家中大小使女都有，可用不着她在这里侍候，这真是岂有此理。"

张太太在房中发脾气，齐巧王妈从新房里走来，听里面张太太大声地暴跳着说话，这就停住了步，心中暗想：这个丫头倒是坏的，自己尖酸了人家不说，倒还要在母亲那里搬弄是非。这时听张相卿从套房里走出来，很缓和地说道：

"太太，你也不要发脾气，仆妇们的嘴最不好，是别人家的佣女，你就乐得客气一点儿。结怨小人，被她在外面说起我们丑话来，那也犯不着。所以我劝你火气耐一点儿，客客气气打发她回去，也就是了。你若和她吵起来，媳妇的面上到底有点儿说不过去。"

"老爷的话虽然不错，但我也要问问媳妇，和如海为什么要吵起来？新婚夫妇人家应该欢欢喜喜，谁知她哭哭啼啼，这也成何体统？"

张太太虽然是怒气稍平一点儿，不过她还有一点儿不乐意的样子说。相卿吸了一口雪茄烟，说道：

"这个你又何必多去管这些闲事，媳妇在房里吵闹，我们做长辈的只当没有知道，他们年纪轻，吵吵好好，这也算不了什么一回事情。只要他们不吵到我们面前来，他们的吵都是假的，做长辈的去一多事，倒反而叫他们会弄假成真起来，所以你千万不必去过问她。"

张太太认为丈夫的话倒也相当不错，遂也不再作声了。王妈这才移步走进上房，向老爷、太太请了安，一面告诉小姐有点儿不舒服，所以不到上房来问候公婆了。红英的不舒服，大家都是很知道个中的缘故，张太太心中有气，所以也不作答，相卿点点头，说道：

"既然不舒服，就叫她在房中休养休养，不必到这儿来侍候了。你姑爷到什么地方去了？"

"姑爷一早地起来，大概到学校里去了。"

张相卿嗯地应了一声，王妈也就退了出去。柳姑吃过了早点之后，也到学校里去了。这天下午原是星期六放假的，柳姑正午放学的时候，却见王少云站在那边电线木头的旁边向自己招手，于是故意落在后面，避过了同学们的视线，偷偷地走到少云的身旁来，笑道：

"你等在这里做什么？"

"我是等着你呀，柳姑，今天是星期六，我们下午到什么地方去玩玩好吗？"

"也好，那么我们索性不回家了，大家到外面馆子里去吃一点儿饭好不好？"

"我也有这个意思，既然你也赞同，那是再好也没有了。"

王少云笑嘻嘻地回答，于是他们两个人踏进了附近一家广东

80

馆子里去。少云自从那天有机会和柳姑跳一次舞之后，他便对柳姑追求得十分热烈。柳姑的性情本来也很浪漫，所以对于少云这样小白脸的人才，她也很欢喜。兼之少云向自己曲意奉承，百依百顺，因此对他也很有意思起来。

少云是相卿得意门生，所以他仗了老头子的势力，在外面敲诈欺骗，正是无所不为。好在这一个世界，本来伸手不见五指，大家只要良心歪了歪，不管死人勿死人，浑水里捞鱼，只要铜钿拿到手，此外是什么都不关的了。昨天少云得了一票外快生意，今天袋里装满了现血，恰巧又是星期六，所以他便来约柳姑游玩去。

两人吃好了饭，当然是少云付了账。此刻还只有一点敲过，上舞厅时候还太早，于是两人在人行道上荡马路。少云为了要特别向柳姑讨好起见，便陪了柳姑到一家百货公司，寻到了出售皮包的柜子，叫职员取出几只黄黑不同颜色的皮包来，问柳姑说道：

"柳姑，你喜欢哪一种颜色？"

"做什么？你是不是发了洋财？我可不要你买这些东西，你还是把铜钿留着自己用用吧！"

柳姑摇了摇头，秋波斜乜了他一眼，低低地说。少云听她这两句话中至少是包含了一点儿神秘的作用，原来前星期少云身边连车钿也没有，还是柳姑给他用的，因此脸红了一红，有些羞愧的神气，笑道：

"不管我怎么样，这总算是我对你一点儿心。我也知道你家中的皮包有好几只，不过你若爱我的话，你就接受我这一只皮包。"

少云后面这两句话，是在她耳边低低地说。柳姑向他娇媚地一笑，于是也不再去阻拦他了。两人从百货公司出来，时已两点一刻，柳姑道：

"今天我们不跳舞，还是去看一场电影好不好？"

少云点头说好，大家坐车到大光明影戏院，买了戏票，携手进内。在中间几排座位上坐下，不多一会儿，银幕上就放映了。大凡一对男女情人到电影院去看电影，都是醉翁之意不在酒的，所以银幕上放映的是什么，他们也根本茫无头绪，两人的脸颊靠得紧紧的，窃窃叽叽地不知在谈些什么。直等电影映完，他们的脸还偎在一起没有分开，只见柳姑的粉脸像火炭般的一团，秋波水盈盈地露透了无限春情的色彩，他们相互地望了一眼之后，连自己也会赧赧然地感到难为情起来了。

出了大光明电影院，时候已经四点半，少云的意思，还要请柳姑吃点心，柳姑说

"点心不要吃了，还是送我回家去吧！"

少云不敢违拗，遂坐了三轮车送她到家里。柳姑把少云衣袖轻轻一拉，两人便悄悄地走到柳姑的卧房里去了。

张公馆是五楼五底的一座大洋房，所以地方是十分宽大，不过住的人却是很少，所以平日是十分冷静，就是偶然做一次秘密的事情，恐怕连鬼都不会知觉的。

柳姑今天拉少云到自己卧房里来，在她芳心里是早已胸有成竹的。因为刚才在电影院里，被少云顽皮的动作把自己一颗青春之芳心撩拨得有点儿按捺不住起来了。少云似乎也理会柳姑的意

思，因为从刚才柳姑的表情和动作方面猜想，也可以知道柳姑那颗处女的芳心里，确实是很需要异性的慰藉了。

天下的事情越是认为万无一失的越是会出毛病，这当然还是为了太以大意的缘故。柳姑既然引了少云到自己的闺房，他们在双方按捺不住的情形之下，自然是不安静起来。可是正在轻怜蜜爱的当儿，万万也料不到王妈会推进房来。这不但是柳姑所料不到，就是王妈的心中又哪里能够想得到？幸而王妈还算聪明，她急忙回身退出，把房门仍旧掩上，可是这一幕情景已经把王妈那颗苍老的心灵也刺激得像小鹿般地乱撞起来了。

柳姑虽然在按捺不住的情感冲动之下，和少云做了一次巫山云雨之情，但一颗芳心之中到底是怀了鬼胎，所以她对于外面动静也特别机警，对于王妈走进房来，她也看得十分清楚。虽然王妈是退了出去，但她心中这一吃惊，真是非同小可，一时不免急得哭起来了。

经过了好一会儿，少云是不知道王妈进来撞见这一回事，所以他还以为柳姑的哭，是为了她一个小姑娘未免太受一点儿委屈的缘故，这就拿了手帕，给她温情蜜意地拭泪，低低地说道：

"柳姑，你不要伤心呀！事到如此，你还有什么伤心呢？你放心，我不是一个没有情义的男子，所以我绝不会忘记你的，你对我的好处，我到死都记在心里的。"

"唉！你真是一个糊涂的东西，难道你刚才没有看到吗？"

柳姑听他这样说，也知道他是误会了自己哭的原因，这就泪眼盈盈地逗给他一个怨恨的白眼，怨恨地说。少云方才心中别别地一跳，急急地问道：

"柳姑，你说的什么话？是什么人看见了我们？"

"刚才这个老不死的王妈不是推门进来的吗？你是只顾死人也无关，现在被她看见了，你想这还能叫我做得了人吗？"

柳姑说到这里，想起自己早晨和她还口角了几句，那么在她也不免结怨在心，万一被她传扬开去，这我还是一个黄花闺女，岂不是名誉全要扫地了吗？因此她伏在枕上忍不住又呜呜咽咽地哭泣起来了。少云听了她这样说，心中也暗暗地焦急，但事情已到这般地步，就是急也没有用，于是低低地说道：

"柳姑，你会不会因虚心而看错的？"

"我又不是眼睛花了，哪里会看错的，都是你不好，不问情由地向我欺侮，现在……你……叫我怎么好呢？"

"可是你尽管哭也没有用处，我想王妈又不是你们家里的用人，原也不关她的事，她也不会多是非的。"

少云见她还是哭个不停，遂向她低低地安慰。柳姑停止了哭，手背擦了眼泪，怨恨地白了他一眼，说道：

"你知道什么，早晨为了嫂嫂和哥哥吵嘴，我和王妈也多了口角，她还不怨恨在心里吗？假使是我家中的用人，倒也罢了，我可以把她辞歇了，现在偏是嫂嫂随嫁的佣妇，这……这叫我怎么的好呢？"

少云见她急得又要淌下泪来的样子，这种神情倒令人感到有些可爱，他忍不住在她嘴上吻了一下，笑道：

"柳姑，你真也急糊涂的了，被你一说，我倒想起了，王妈既然是随嫁的，那更可以叫她回去了。我有一个好主意，只要如此如此……那么你的妈一定大光其火，王妈也可以滚回去了，你说好不好？"

少云说到这里，在她耳边又低低地鬼闹了一阵，一面又继续地说下去。柳姑对于他这一个办法倒也认为很好，于是点了点头，说道：

"也只好这样的了，少云，我想不到你有这样大胆，现在我的身子已交给你了，你……不知会不会抛弃我的？"

"这个你请一百二十个地放心，我长了几颗脑袋敢来忘记你？柳姑，再说像你这样美丽的小姐，能够投入我的怀抱，这真是我前世修来的好福气，我爱你还来不及，怎么会把你忘记呢？那你也太会多心的了。"

柳姑听他这样说，虽然一颗芳心稍许得了一点儿安慰，不过她还向少云噘了噘嘴，表示世界上的男子都是口是心非的多。少云却嬉皮笑脸地还要向柳姑动手动脚，柳姑白了他一眼，说道：

"你难道还不放心吗？我劝你快点儿好走了，回头再被一个下人们撞见，弄得四海皆知，那我真要死给你看的了。"

"柳姑，那么我们几时再碰头？"

少云已经是走到房门口了，他还有点儿依依不舍的意思，又走到柳姑面前来，向她低低地问。柳姑恨恨地逗给他一个白眼，又嗔又笑地打了他一记，说道：

"你是吃着一块糖了，下次真不愿再和你有碰头的日子，你倒还想碰头吗？哼！"

柳姑说到末了，把嘴儿一噘，故作生气的样子，便自管走到窗口旁去了。少云当然明白她是假惺惺作态，遂又走了上去，拍了拍她的肩胛，笑嘻嘻地道：

"好小姐，你不要恨我了，难道你……"

"好了，好了，不要你多说什么话了，快些回去吧！我要找你的时候，反正可以打电话给你的，你猴急什么呢？"

柳姑不等他再说下去，遂推了推他的身子，同时她粉脸上已罩了一层羞涩的红晕。少云笑了一笑，方才匆匆地和她分手别去。这里柳姑一个人又不免静静地想一会子心事，想起少云那种轻怜蜜爱的情景，一颗芳心在此刻也会忐忑地乱跳。想起王妈推门入内的一幕，她心中的焦急，几乎忍不住要哭泣起来，深恨自己太以大意，为什么不关上了房门？现在这究竟用什么手段来叫王妈回去好呢？整整地想了半个钟点之后，方才腹中有了草稿，匆匆走到房里来了。在小院子里的时候，傍晚的风吹在身上，倒觉得有些寒意，忍不住身子抖了两抖。忽然迎面走来一个人，手里拿了一只热水瓶，正是王妈，柳姑故作和颜悦色的情形，含笑低低地问道：

"王妈，嫂嫂可好些了吗？我哥哥回家了没有？"

"多谢二小姐，我们小姐已好点儿了，但是姑爷从早晨出去之后，直到现在还没有回家来，不知道他到什么地方去了？所以我们小姐倒又记挂在心上。"

王妈也是个很会做人的人，她见柳姑和自己说话，遂也站停了步，向她很亲昵的样子回答。这会子柳姑装作很同情红英的神气，向王妈说道：

"哥哥这人的脾气就太坏了，心里一不高兴，就会闹着气不回家。那年和我妈多了几句嘴，他却住到同学家里去有十多天，急得我爸爸登报找寻，我妈是好几夜没有睡觉，几乎要生起病

86

来，后来幸亏那个同学好，硬把他劝着回家的。你想哥哥在爷娘面前尚且这个样子，那何况在别人的面前呢？所以你应该向嫂嫂劝劝，叫她总要忍耐一点儿，可以马虎点儿，就顺从顺从他，同时也劝她不用难过，自己身子保重一点儿要紧。"

王妈听她这样说，同时窥测她脸部上的表情，也很可以知道她这会子完全是一番好意。不过她对自己怎么又好感起来呢？那是不用说得，当然因为我是撞见了她秘密的缘故，于是笑了一笑，说道：

"可不是？常言道，在爷娘面前可倔强，在丈夫面前那是没有办法的事情，自古来女子好像就会低微几分的。二小姐今天什么时候回家的？"

王妈说完了话，她又向柳姑这么问了一句。在王妈的心中当然表示自己并没有撞见她这一回事的意思，可是柳姑被她这样明知故问地一说，她的颊上会一圆圈地红晕起来，这就含糊地回答了一句刚回来，她便匆匆地走开了。不过她心中是十分怨恨，在她认为王妈这一句问话，至少是包含了一点儿讽刺的意思，因此对于这一枚眼中钉当然是非拔去不可的了。

柳姑走到上房里，室内是静悄悄的，爸爸没有在房内，只有妈一个人坐在桌子旁抹骨牌打五关消遣。她不声不响地在沙发上坐下了，由不得轻轻地叹了一口气。张太太回眸向她望了一眼，觉得女儿的脸上至少是显着十二分的不快乐，这就奇怪地问道：

"为什么好好的叹气了？难道有什么不如意的事情吗？"

"问他做什么？不问倒也罢了，问起了倒叫人气破了肚子。"

"我不懂你这是什么话。柳姑，你快告诉我知道吧！"

张太太觉得女儿话中有因，这就放下手中的骨牌，向她继续地追问。柳姑还要装腔作势地迟误了一会儿，经张太太再三地诘问，她方才很气愤地说道：

"刚才我走过新嫂嫂的房门口，因为早晨哥哥和她吵了嘴，不知哥哥可有回来没有？谁知听王妈却跟嫂嫂在说我家的丑话。"

"什么？说我家丑话，我家有什么丑事可以给她说呢？"

凭柳姑轻轻地说了这两句话，果然把张太太的神情已刺激得愤怒起来，她脸上罩了一层凶险的杀气，冷笑了一声，先急急地追问。柳姑哼了一声，说道：

"只怪哥哥不争气，吸上了鸦片，所以被人家低下人也看轻了，你想坍台不坍台？"

"什么？她敢管教丈夫吸鸦片吗？她看轻如海，就是看轻我一样，因为吸烟原是我做娘的赞同他吸的。这姑娘倒看不出有这样的厉害，才进门不到半个月，就要管教我做婆婆的起来，那还当了得。"

张太太气得脸涨得通红的，额角上青筋也暴露出来。柳姑恐怕事情闹大了，嫂嫂要来对质，事情倒又僵住了，所以先劝着道：

"妈，你的年纪一年一年地老起来，可是火气却反而一天一天地大起来，所以我不肯来告诉你。你听了我的话，你就不会忍耐一忍耐，慢慢再发脾气也不迟呀！"

"唉！你还要来说我，听了这种话还能不叫人生气吗？"

"这话倒不是嫂嫂说的，原是这个断命老不死王妈搬的是非。"

"啊！是她说的吗？这就更混账了，她是什么狗东西？也敢有一句话分吗？你快把她去叫了来，我倒要请教请教她了。"

柳姑笑了一笑，站起身子来，在五斗橱上热水壶里斟了一杯茶喝，望了张太太一眼，笑道：

"妈，叫你火气耐一点儿，为什么你偏要这样地发作呢？"

"那么依你的意思怎么样呢？难道就这样地给她侮辱吗？"

"侮辱？哼！这算得了什么侮辱？侮辱的话才多着呢！"

柳姑是一步一步地在挑拨张太太心中的怒火，张太太的脸似乎更紧张了一点儿，说道：

"还有什么话呢？你倒也给我说一个详细。"

"我不说，因为我说了之后，你又要暴跳如雷地发作起来，回头人家总说我做姑娘的不好，多搬是非。"

柳姑故意摇了摇头，她是竭力地做作着。张太太竭力地忍耐了一肚子的气愤，低低地说道：

"我不发脾气便了，你就告诉我吧！你若不说出来，倒叫我更要气闹出病来了。"

"那么我就说了，可是你不要发怒，有话好好商量。"

"知道知道，你不必多叮嘱了，我又不是三岁小孩子。"

"我在房门口既然听她们在说话，我就停止了步，在外面偷听了一会儿。只听王妈很生气的样子，说道：'所以旧式婚姻真是害人不浅，姑爷吸上了鸦片，做父母的不劝解他去戒掉，倒反而去赞同他，这种人是爱儿子还是害儿子，简直不是吃饭的一般。'她又说姑爷所以这样不上进，也是我爸爸作恶的报应，说赚的都是肮脏铜钿，不但肮脏，而且伤尽天良的阴骘铜钿。她说这班有作为的三民主义青年团，一个一个被我爸爸引渡到日本司令部去遭受极刑而惨死的也不知其数，这是罪过不罪过？她还骂我爸爸是汉奸，将来一定没有好收场的。她也不想想我爸爸若没有好收场，她小姐还有好日子过吗？你听这些话，不是把我们够侮辱了吗？"

柳姑真也是一个十三点，她把爹爹丑恶史不打自招地全都吐了出来。其实王妈哪里懂得什么其他的事情，也无非是她自己这么地造谣而已。张太太听了，却是一百二十分地相信。她虽然答应柳姑不发脾气，但听到了这些话之后，怎么还能够叫她不发作起来。这就把牌在桌子上猛可地一拍，大骂道：

"断命这老不死的狗东西，真是活得不耐烦了吗？什么汉奸不汉奸？现在上海这班大人物谁不是汉奸？汉奸算得什么稀奇？他们只知道打仗打仗，打得老百姓饭都吃不着，饿死的也不知多少，老早投降了日本多么好，偏是今天来一次飞机，明天来一次飞机，有本事的打到上海来，为什么中国土地一块一块地全都失了呢？我们在日本人手下做事，吃得好，穿得好，难道还不要去做汉奸吗？王妈敢这样侮辱我们，我回头倒要向老爷说一说，老爷一发脾气，还不叫她送到司令部去尝尝冷水的滋味吗？哼！真是一个不知死活的奴才，把我气都气死了！"

张太太大声地骂到后面，表示这时代全是他们的势力，要杀几个人那是不费吹灰之力的样子。柳姑忙说道：

"妈，你说不发脾气，怎么又忍熬不住了呢？"

"这样事情不发脾气，那我又不是活死人。"

"不过这种事情闹开来，到底不大好听，况且爸爸外面事情多么繁忙，对于这些小事情，何必吵到他的耳朵里去呢？照我的意思，吵也不必吵，客客气气地把王妈打发回家，这不是天大的事情都没有了吗？"

"可是我认为太便宜了这个老东西，我有些气不过。"

"妈，行点儿善心也是好的。"

柳姑很低声地说了这么一句，张太太虽然是仗了丈夫的势力也有点儿横行不法的思想，但到底有点儿触耳惊心，于是她就不再说什么要把王妈送到司令部去吃苦的话了。就在这个时候，王妈悄悄地进房来，张太太先开口问道：

"你姑爷回来了没有？"

"姑爷还没有回来呢！所以我们小姐真有点儿不放心。"

"我说如海和新奶奶小夫妻之间，好好吵吵那是没有什么多大的问题，如海也不会到别的地方去，那你们尽可放心的。不过最不好的就是有人在中间搬弄是非，这样使他们小夫妻会发生感情破裂的不幸。我想你在这里也有十多天的日子了，照理也可以回去了，好在我家丫头使女也不少，你们小姐当然不怕没有人去服侍她的，今天吃过晚饭，你把东西整理整理好，就去回复你们老爷太太，说我们这里用不到你来服侍了。柳姑，你在抽斗内拿二十万钞票，给王妈作为喜封吧！"

张太太絮絮地说到末了，又向柳姑这么地吩咐。柳姑答应了一声，在抽屉内取了钞票，用红纸包好，交给王妈。王妈突然听她说出这些话来，明明是说自己搬弄是非，因为一时里回答不出什么话来，所以倒愕住了。

第六回

王妈在经过了愕住了一会子后，她用了哀婉的口吻，望着张太太的脸，低低地说道：

"太太，府上的丫头使女众多，这我们老爷太太也是很知道的，并不是说府上没有下人们来服侍我们小姐。因为我们小姐在家里娇养惯了，而且又是我从小服侍她的，所以我在她身边比较贴心一点儿。老爷太太关照过，说一个月后我才回去，现在半个月不到，我若回去了，老爷太太一定要骂我。所以我在这里恳求太太，施一点儿恩惠给我，就等我在这里住满了一个月再回去好不好？"

张太太听王妈这几句话，又像可怜地哀求，又像不老实似的尖酸自己，这就冷笑了一声，逗给她一个轻视的白眼，说道：

"你在那边当然应该听从你老爷太太的话，不过你头脑子要放得清楚一点儿，这是我的家里，你难道好违背我的命令吗？你说小姐娇养惯了，那么何必要出嫁呢？倒不如在家中做一辈子大小姐好吗？哼，真是笑话！你也不必向我多啰唆了，还是快点儿去整理东西吧！"

王妈在这个情形之下，真是又气愤又伤心，但是自己是一个低下人，又有什么办法好呢？因此竭力忍熬住悲哀和愤怒，还是赔了笑脸，向她低低地说道：

"太太的话当然很不错，我怎么有胆量来违背命令呢？不过我们小姐这两天身体不大好，所以我求太太给我小姐病体好了我再回家怎么样？"

"啊呀！你这人为什么这样地啰唆？照你说来，你们小姐若没有了你这个王妈，难道她就做不了人吗？不用多说废话了，我没有这许多精神来和你多缠绕。"

张太太说完了这几句话，她回身走到床边去，表示不再理睬的意思。王妈觉得没有挽回的希望了，因为这是她的家里，我当然不好意思要硬住在这里，就说再向她哀求她答应了，这在我们小姐的脸上也没有什么多大的光彩。在这样思忖之下，于是她不再说什么，就懒懒地回身拖了沉重的脚步走出房外去。柳姑悄悄地跟到外面，拉住了王妈的手，说道：

"王妈，并不是我来埋怨你，你这人就是不知道说话的轻重，你可明白我妈所以讨厌你的缘故吗？你要晓得，吸鸦片的人，最恨的就是别人家来阻止他吸烟，而且还责骂吸烟的害处，你第一就犯上了这一点，所以我妈就不欢喜你了。"

王妈明白她向自己讨好，也无非怕我把她丑事传扬开去的意思，这就冷笑了一声，说道：

"谢谢你来关照我，不过一件不好的事情，偏偏要人家来说一声好，这种违背天良的话我可说不出来，即使要说，我也绝不愿意说。其实对于太太的吸烟我是并没有觉得一点儿痛痒，因为她是上了年纪的人，而且又是一个女子，只要老爷有的是钱，还怕愁吸不了一生一世吗？小姐是学校里的时代女性，你当然是个知识分子，对于礼义廉耻这四个字，还有个含糊的吗？那么你该知道一个青年的男子，吸上了鸦片，他的前途会到怎样可怕的地步。这不但牺牲了他个人的前途，而且国家也是多一种损失。你想，那么我对姑爷不要吸烟，这到底是好意还是恶意呢？想不到太太就会这么地恨我，但我也是一个明白的人，自然也知道事情是绝没有这么简单，在其中少不得还有小人们在捉弄我的。"

王妈虽然是个低下人，她说话倒颇有思想，而且十分尖利。柳姑也不是一个呆笨的姑娘，对于王妈这尖刀般的话，自然也明白她是在当面谩骂自己，一时芳心中一阵子羞臊，她粉颊立刻会像火烧一般地通红起来。要想回她几句厉害的话，但一时却又无从说起，这真是哑子吃黄连，有苦说不出，遂点头说道：

"你虽然是一片好意，不过我妈当然是不会了解你的。但是你这次回去，和你家老爷太太还是不要提起这件事的好，免得大家更伤了感情，这就叫你们小姐更难做人了。"

"这个我很知道，你请放心，我绝不愿做那些损人不利己的事情。不过我们小姐在你家里做嫂子，一切总还得你做姑娘的多照应一点儿才好，那我的心中就很感激你了。"

王妈对于她这几句话，细细地回味起来，觉得大有研究的价值。在她灵机一动的时候，似乎已猜中了她所说这些话的意思了，这就一面用了安慰的口吻，一面用了交换条件的方式，对她很热诚地回答。柳姑当然是心照不宣的，这就也点点头说道：

"王妈，只要你不给我外面去说，嫂嫂的事情我一切自然会照顾她的，况且我们年轻人之间，总是合得来的。"

王妈点点头，两人就匆匆地别开。这里王妈到了新房，见红英还躺在床上，不住地呻吟，王妈倒吃了一惊，忙问她怎么了。红英两颊红红的，面上显出很痛苦的样子，说道：

"王妈，我头痛发热，恐怕是要生起病来了。"

"啊！你的额角果然是烫手得厉害，这……这……怎么的办？小姐，你千万要想明白一点儿，自己身子保重最要紧呀！"

"唉！嫁了这样一个丈夫，置身在这样黑暗的家庭，你叫我还有什么不痛心的吗？"

红英说完了这两句话，她喉间是已经哽咽住了，眼泪扑簌簌地从她眼眶子里溢了出来。王妈在这个情形之下，她当然再也说不出张太太叫自己回家去的话了，因为想着红英的可怜，嫁了一个丈夫，好像是关在狱中一样的孤独，一阵子伤心，也不免陪了红英流下泪来。正在这上时候，张太太房中的丫头小芸，匆匆地进来，说道：

"王妈，你整理舒齐了没有？太太叫你吃饭去了。"

"王妈，婆婆叫你整理什么东西呀？"

红英听小芸来这么说，心中不免有点儿奇怪，遂望着王妈低低地问。王妈因为小姐是生了病，若再知道了这个消息，她心中自然更会感到痛苦的，因此倒是呆呆地愣住了一会子，没有回答出话来。小芸是个才十六岁的小姑娘，她见王妈不回答，这就心直口快地告诉道：

"太太说，我们家里用人很多，所以今天晚上就叫王妈回去了。"

"啊！这话可是真的吗？"

红英突然听到了这个消息，她身子会猛可地仰了起来，但既仰了起来，却又颓然地倒下床去，叹了一口气，说道：

"天哪！难道连一个亲人都不肯和我一块儿吗？"

王妈因为小姐把自己已当作了亲人看待，一时更觉万分辛酸，眼泪也愈加地流了下来，遂对小芸说道：

"小芸，你倒来摸摸你新少奶的额角，真是烫手得厉害，可怜她是病。请你和太太去说一声，能不能给我留在这里再服侍小姐几天吗？"

"嗯！真的很烫手，那么我给你向太太去说吧！"

小芸一面走近床边来，一面按了按红英的额角，她自语了这两句话，便匆匆地奔到外面去了。这里红英深深地叹了一口气，向王妈问道：

"王妈，怎么好好的婆婆就要你回去了？难道你又有什么地方得罪她们了吗？"

"小姐，这事情说起来话长，因为那天我说了几句吸鸦片的不好，谁知道她就记恨在心了。同时这个尖嘴姑娘自己做了好事情，被我在无意之中撞见了，所以她在太太的面前更加地搬弄是非了。"

"柳姑她做了什么事情？"

红英听她这样说，很猜疑地追问她。王妈虽然不愿意告诉，但又怎么能够瞒得了呢？遂只好低低地向她诉说了一阵，一面又叹了一口气，说道：

"当初我就知道自己撞见了他们，这不啻是我闯下了大祸一样，因为她要防我给她传扬开去，她自然要向我先落手为强了。果然不出我之所料，刚才太太就叫我回去，说这里服侍的人很多，用不着我再来辛苦了。唉！小姐，你想这样一个家庭，还有什么话可以说呢？"

"哦！原来柳姑她竟会做出这一种事情来。"

红英自语了这一句话，心中暗想：也从可知他家是腐败到怎一份样儿的了。这时小芸又匆匆地进房来，她鼓着小嘴儿，很受一些委屈地说道：

"都是为了你，害得我被太太大骂了一顿，说我多管闲事，要我瞎起劲点儿什么东西？新少奶既然有病，就叫我服侍她的房中，说王妈一定要今天回去的。她若不回去，明明是做媳妇的不孝顺，有意违背婆太太的命令，这还能算是一个做小辈的人了吗？"

"哼！哼！这……简直是放屁极了。"

王妈气得有点儿不可忍耐的样子，她全身也不免发抖起来。小芸睁大了眼睛，向王妈辩白道：

"王妈，你不要开口骂我，这可不是我说的话，原是我给太太传话的，你若不服气，你到上房里去自己和太太去说好了。"

红英听了小芸的话，她伤心得眼泪又滚了下来。既然婆婆拿这一种话来压势自己，这做小辈的如何还能够担当得起呢？于是她气喘喘地对王妈说道：

"王妈，你不要顾我，你就整理整理衣服回去吧！"

"小姐，你……你……叫我怎么忍心能丢得下你走呢？唉！

况且你是一个有病的人，要茶要水，还有谁能这样贴心地来服待你？我想不到小姐欢欢喜喜地结婚，却会落在这样一个暗无天日的家庭里。"

王妈说着话，眼泪也滚落下来。红英摇了摇头，咳嗽了一阵，低低地说道：

"王妈，你……不要这样说，传到婆婆的耳朵里，又是我做媳妇的罪恶。唉！我也不恨天不恨地，只恨我自己命生得太苦了，为什么要嫁这么一个好丈夫？王妈，你回到家里，在我伯父母面前，千万不要说一句气愤的话，因为伯父母给我辛辛苦苦地出了嫁，已经是一件很不容易的事情了，若再把这些不好的消息告诉他们，这不是叫他们加重一层烦恼吗？所以我不希望伯父母为我而难过，你只说婆婆和姑爷都很好，也就罢了。"

"小姐，你这样用心也未免太苦了。"

王妈坐在床边，抱住红英的身子，她几乎要失声哭起来了。小芸听新少奶这样关照王妈，可见新少奶真是一个贤惠的好姑娘，一时也起了无限的同情，遂在旁边低低地说道：

"王妈，你放心，有我服待新少奶，总不会给她受一点儿委屈的，新少奶身子既然有病，你就不要引逗她的伤心了。"

王妈听小芸这几句话倒很温柔有理，遂收束了泪痕，摸了摸红英的额角，说道：

"那么你的热度很盛，明天也该请一个大夫来看看才是。他们若要省铜钿，明天我叫老爷去请了来好不好？"

"王妈，你这么一来，又不是弄出事情来了吗？我这热度明天就会退去的，你只管放心是了。每个月有空来望我两次，没有空的话，也就罢了。"

红英泪盈盈地说到末了，倒又引逗得王妈伤心起来了，说道：

"我怎么会没有空呢？在我是最好天天侍候在小姐的身旁，便事实上……唉！可怜小姐难道甘心情愿地在这里被他们磨折吗？"

"常言道，嫁鸡随鸡，嫁狗随狗，再说伯父母到底不是我亲生的爹娘，我怎么好意思再去缠绕他们呢？王妈，你去吧！你去吧！但愿你姑爷能够回心转意，努力上进，那么我虽然是受尽委屈，总也有一个出头的日子。"

"这个新少奶你放心，我们少爷脾气好拢起来也很好的，我想你们偶然吵几句嘴，明天少爷自然又和新少奶要好了。"

小芸在旁边又插嘴说，王妈于是不再去引逗红英的伤心，她自去整理了一个衣包袱，匆匆地到上房里去别过张太太，又来和红英说了几句，主仆两人方才洒泪别去。

这天晚上，如海没有回家来睡，红英当然一夜没有合眼，小芸是躺在红英的脚后头，以便晚上要茶要水可以便当一点儿。红英耳听时钟从一点敲到六点，东方发了鱼肚白的颜色，方才稍会合上了一会儿眼。但不到两个钟点，红英又醒了转来。这回醒来，头脑子像刀在劈一般疼痛。小芸见新少奶病得很厉害，遂急急地来告诉张太太。这时张相卿也在房中，听媳妇生了病，遂问小芸道：

"少爷呢？他在什么地方？"

"少爷昨晚没有回家。"

99

小芸很老实地告诉了他，相卿听了，把雪茄烟在痰盂罐里一丢，很生气地绷住了面孔，冷笑道：

"这畜生太该死了，才结婚还不多几天，怎么就住在外面不回家来了？"

"你知道什么？如海所以不回家，其中当然有个缘故的，因为他们两小口子吵了嘴，大概新媳妇有什么话冲撞了如海，所以如海气得不回家中来了。你不问情由地也别乱骂人，如海这孩子的脾气你也知道，他肯受别人家的侮辱吗？我是什么话都不计较的，假使要管闲账的话，那事情可就大了。"

张太太当然是庇护儿子的，她听相卿责骂如海的不该，这就很生气地回答。相卿听太太话中好像还有什么蹊跷似的，这就呆了一呆，望着张太太出了一会儿神，说道：

"就是两小口子说了几句闲话，那也用不着闹着意气不回家里来，我这人就不喜欢待自己的儿子好，人家女儿也是人，给人家太受委屈也是不忍的。你瞧新媳妇生了病这总是事实，她若不受委屈的话，如何会生起病来呢？"

"装什么死腔？照你说，我如海是该杀的了。"

张太太冷笑了一声，她和相卿大有吵起来的样子。相卿却对她淡淡地笑起来说道：

"我也不是说如海该杀，因为儿子有什么不好，做父母的理应教训教训他的，现在我还说不上一句，你就庇护了去。幸亏如海不在面前，假使他知道了这话，那么他的胆子不是可以更大了吗？我说做父母的总不能太溺爱子女，否则，那是害了他的前途。"

"哼！什么溺爱不溺爱，我是只有一个儿子，反正你外面公馆多，儿子多，如海本来不放在你心上的。"

张太太说到这里，一股子酸气冲上鼻端，她那两眶子热泪早已滚了下来。相卿在外面虽然是杀人不眨眼那么凶狠，但是在家里见了这位太太却会像老鼠见了猫一样地害怕，尤其见了太太两行眼泪的时候，他是连屁都不敢再放一声的了，于是忙含了笑容，说道：

"这又何苦来呢？为了儿女的事情生气，这是最犯不着的。媳妇才进门不到半月，她到底贤孝不贤孝，我也不知道。她和如海吵嘴，我们本来不用管的，现在如海不回家，这似乎说来是如海的过错，所以我们做父母的总应该劝导劝导才好。"

"你以为这个媳妇好吗？一进门就教训我不许吸烟，那我不是娶媳妇，倒是讨一个太婆进门了。再说她还说了许多不好听的话，你若知道了，恐怕也会气得跳起来呢！"

张相卿听她说了这些话，心中倒是暗暗地猜疑起来了，遂皱了眉尖儿，望着张太太的脸，怔怔地问道：

"她还说了些什么话呢？"

"她说什么话？她骂你是汉奸，你听了欢喜吗？"

张太太�‖了�‖嘴，显然是带了俏皮的口吻。张相卿听了这些话，两颊会热辣辣地发烧起来，说道：

"你怎么知道的？是不是你亲耳朵听见的？还是什么人传给你听的？"

"我当然会知道的，假使她没有说过，难道是我造她谣言不成？"

张太太连连地冷笑，一面暗暗地注视相卿脸部的表情，在起初他是显了一股怒凶凶的杀气，但沉静了一会子后，方才慢慢地转变着缓和的态度来。做汉奸的人，最怕的就是别人家骂他是汉奸，因为在他做的时候，倒也糊里糊涂地过去了，现在有人一提醒了他，大凡有血肉、有灵感、同样和人一般构造的身体的人类，他当然知道礼义廉耻这四个字，否则，除非他不是人类一分子，所以相卿在知道媳妇骂他是汉奸的时候，他气得两颊发了青。不过细细地一想，觉得才进门不到半个月的媳妇，她是绝不会说这种话的，那么显然是有第三者在搬弄是非。这第三者是什么人呢？太太当然不肯告诉，我还得好好自己调查一下子不可。他正在暗暗地想，小芸在旁边插嘴说道：

"新少奶倒是一个很贤惠的好姑娘，昨晚她还关照王妈，叫她回家后不许多说话。"

"你这死丫头，年纪轻轻，要你多什么嘴。"

张太太瞪了她一眼，把她喝住了。相卿虽然不说什么，心中却在暗想：无论什么事情总要向下人们探听，才知道真情。凭了小芸这一句话，就可以知道新媳妇做人是很不错的。因为小芸和她无亲无眷，她会说她一声好，从可知她是真的很好了。就说道：

"你叫账房间去请一个大夫来，给她诊视诊视。"

小芸有了老爷这一句话，她就答应一声，便匆匆地奔出房外去了。张太太虽然觉得心中不喜悦，但老爷做的主意，她也不敢过分地反对。这时听差的阿龙，在房门口叫道：

"老爷，宪兵队里林木山郎来拜望你。"

相卿遂走出房来，向阿龙吩咐，说遇见了少爷，叫他到我那里来一次，我有话对他说。阿龙答应，相卿遂走到会客室去接见林木山郎了。待他们接洽公务完毕，相卿送客回来，经过新房门口，他忽然有了个主意，就走了进去，见小芸在床边服侍红英喝茶。小芸一见相卿，就叫道：

"老爷来了。"

"哦！爷爷，恕媳妇有病在身，不能接迎。"

红英见相卿进来慰问，心中又感激又不安的表情，向相卿点点头说。相卿见她两颊通红，云发蓬松，那种病西施的态度，更会引起了一种楚楚可怜的娇媚，这就点点头，有点儿同情的表示，说道：

"你不要说这些话，如海昨晚没有回家吗？不知你有没有什么话冲撞他过吗？"

"唉！我哪里敢冲撞他呢？前天晚上他回来也很迟了，大约已经十一点多了，我问他为什么不回家晚饭，在什么地方玩一会儿，谁知他就不高兴了。昨天早晨怒冲冲一走之后，就没有回来，我真弄得有些莫名其妙的。"

红英在叹了一口气之后，方才向他低低地告诉，同时她的眼泪更像泉水般涌了上来。相卿觉得红英的哭泣比自己太太的哭泣更心软一点儿，因为带了眼泪后的红英脸蛋愈加有一种妩媚的风韵，所以他不免更加爱怜起来。原来相卿在家时一本正经装出十二分威严的样子，其实在外面也是一个偷香窃玉的老手，被他手中糟蹋过的女人也不知多多少少。所以他皱了眉毛，很温和地安慰她说道：

"你不要难受，如海我会向他教训的，你好好养病。小芸，你把医生叫账房间去请过了没有？"

"请过了，大概就可以来的。"

相卿点了点头，正欲问她想不想什么东西吃的时候，只见厨房里老妈子提了铜勺子来冲开水，相卿怕传到太太的耳朵，又有许多麻烦，只好向小芸轻轻地叮嘱了几句，方才出外去办公了。

下午三四点钟光景，小芸服侍红英已经喝过了二汁的药。红英因为如海还不见回来，所以暗暗地伤心了一会儿，又不免淌下泪来。小芸正在对她低低地安慰，只听外面一阵皮鞋脚步声响进房来。两人都以为是如海，可是进来的却不是如海，是李克明。小芸遂叫了声表少爷！克明先说了一声好一阵子药香，接着问如海在不在房中，小芸轻轻地道：

"少爷和新奶奶吵了嘴，昨天晚上没有回家，直到此刻还不见他的人影子呢！所以新奶奶气得病了，她才喝过了药呢。"

克明听小芸这样说，不免皱了眉尖儿，心中暗想：表哥这人真是太混账了，娶了这么一个美丽的好妻子，哪晓得他还要和她吵嘴哩！我是想也想不到手呢！于是轻轻问道：

"好好又为什么吵闹的？你可知道吗？"

"这个我倒不知道，新奶奶没有睡着，你自己去问问她，我到厨房里去看看那罐子牛肉汤不知烧好了没有。"

小芸说完了这两句话，便匆匆地奔出房外去了。克明见房中只剩了自己一个人，虽然一个年轻的表叔叔在一个表嫂房中应该要避一点儿嫌疑，可是克明此刻却顾不到这许多，他很想和红英有谈谈的机会，这就轻轻地挨近了床边，向红英叫了一声薛小姐，但接着又很快地说下去道：

"不，我现在应该要改口叫表嫂了。"

"表叔！"

红英听他这样说，觉得他明明是故意这么说的。不知为什么那两颊会添了一圆圈红晕，回叫了一声表叔之后，别的话可再也说不上来了。两人相对愕住了一会儿，当然还是克明先开口说道：

"自从你们结婚之后，我们似乎很少有谈话的机会。"

"可是一共也不过十几天光景。"

"是吗？才不过短短十几天光景，为何你们却多起口角来？我真有些弄不懂。"

"不要说你们外界的人弄不懂，就是我自己又何尝弄得懂呢？唉！想不到他会有这样古怪的脾气，这也是我生成的苦命。"

红英叹了一口气，眼角旁又展现了晶莹莹的一颗。克明自然是十二分地同情，他虽然有千言万语要对她诉说，可是却不知打从哪里一句说起才好。再说要说的话，恐怕也难以开口，他心中又急又恨，眼皮也忍不住会润湿起来。红英见他大有眼泪汪汪的样子，这就想起在公园里的一幕，从可知克明倒真是一个痴心的男子，她芳心里不免有点儿酸楚，更因为如海的无情，她就愈加的伤心，因此别转了脸，眼泪却像雨点儿般地滚落下来。两个人虽然没有说话，但凭了他们淌泪的情形看来，就知道大家是心照不宣的。克明呆住了一会儿之后，他再也忍熬不住地开口说道：

"我做梦也想不到你会做了我的表嫂。唉！可是你也不该太玩弄我了，你知道那天星期日我等你到来，真为你要等得疯起来了。虽然在表哥结婚那天我是完全明白了，但我的内心是比刀在割还要疼痛，我所以向你这样地吵新娘，我的眼眶子里实在是含了无数的血泪，我为你喝得酩酊大醉，我为你一路地呕吐，直到家里，我希望醉死在床上永远地不给我醒回来。唉！表嫂，你也笑我这个人未免太痴心了吗？"

"过去的事情请你不要说起了，徒然增加彼此伤心而已。还君明珠双泪垂，恨不相逢未嫁时，我们是真的变成这个情形了。"

"可是在我们相逢的时候，你根本还没有嫁人呀！"

"虽然我还没有嫁人，但我已有了未婚夫，而且最近又要结婚了，这还不是和已经嫁人是一样的吗？总而言之，我们相识得太迟了。唉！"

红英说完了这两句话，她方才回过头来，泪眼盈盈地逗了他一瞥，忍不住深长地叹了一口气。克明这会子眼泪真的流了下来，呆住了一会儿，说道：

"这真是做了一个梦，虽然这个梦原是非常短促，但在我的脑海里是永远刻画了一个不可磨灭的印象，直到我临死前之一秒钟，我也不会忘记的。"

"你何必要说这一种话呢，叫我心中不是太难过一点儿了吗？想你是个有作为有抱负的青年，当然比不了如海，所以你当然有光明的前途，不难找一个有神气的夫人。我是一个薄命的女子，今生是见不到有光明的日子了，所以你千万不要把这些不值得想念的事情放在脑海之中，倘然你为我而郁郁地消沉了志气，这岂不是我累害了一个青年到愁苦的境地，那我的罪孽也不免太深重的了。"

红英摇了摇头，她含了无限悲痛的热泪，向他赤胆忠心地劝告。克明觉得她这样说，当然还是她的多情，因此心中也愈感到遗恨。但想到表哥还和她吵闹，这到底又是为了什么呢？于是遂点头说道：

"你这一番金玉良言，我自然十分感激。不过我总希望你嫁给表哥也能得到终身的幸福，我真不懂你们为什么要吵闹起来呢？"

"终身幸福？唉！今生恐怕是不会有的了。"

红英苦笑了一下，她十二分灰心的样子，眼泪又流了下来。克明用了迟疑的目光，凝望着她，低低地问道：

"你这是什么话？夫妻之间就是争吵了几句，那也算不得什么？你何必灰心到这个样子？"

"哼！你们是表兄弟，难道你还会不知道吗？如海他吸上了鸦片烟不算，而且在外面又是一个荒唐惯的公子哥儿，读书也无非是挂一块招牌而已。你想，我有了这么一个好丈夫，还叫我有什么光明的日子？"

克明见红英冷笑了一声，表示十分愤激的样子，但她说到末了的时候，却又很伤心地流下眼泪来。克明代她想想，也觉十分难受，尤其她是自己一个心爱的人，给她落在这样一个不争气的如海表哥的手里，无怪她要伤心得生起病来了，因此只好安慰她说道：

"表嫂，你不要这样说，表哥眼前虽然不肯学上，但他到底是很聪敏的人，常言道，败子回头金不换，所以我说你的前途还不至于完全到幻灭的地步。只要你有忍耐的苦心，向表哥好好地

107

劝解，说不定他会听从你的话，从此便走入了正路，那你们还不是一对美满的姻缘吗？表嫂，我劝你不要过分伤心，自己身子千万保重一点儿要紧。"

红英听克明这样安慰自己，觉得他对自己可说真有一番纯洁痴心的爱，心中在万分感激之余，又觉得他这些话也大有道理，这就点了点头，说道：

"你这些金玉良言，我当然也很要听的，不错，我将改变我消极的思想，不再伤心的了。"

"这样才对了，我以为一个人的幸福，完全是从艰苦之中方才能够得到的，所以你千万要保重身子才好。时候不早，你多说话也费精神，还是静静地休养一会儿，我们再见了。"

克明因为房中只有两个人，那么自己至少要避一点儿嫌疑，免得害了红英被人家多说一句闲话，所以他说完了这两句话，不想再在房中多留恋，遂匆匆地走出房来。

说起来也真凑巧，谁知在房门口的时候，却会遇到如海匆匆地走来。如海此刻正从他父亲那里受了教训回来，因为相卿骂他为什么夜里不回家，新媳妇究竟有什么不是？他真有苦说不出，几次三番想把红英和克明有暧昧之情的话要告诉出来，但这事情非关儿戏，万一是发生了什么误会的话，那岂不是闹成了天大的笑话吗？所以他被相卿骂了一顿之后，却把一肚皮的怨气向屁眼里钻出去。不过他再三思忖之下，总要回家来向红英问一个水落石出才是，倘然真有这样的勾当，在她脸色上也很可以看得出来的。谁知此刻到了房门口，却会遇见克明从自己的卧房里走出来，心中这一气愤，他觉得事情是已经证实的了，因此他的脸一阵红一阵白地会转变到铁青起来。不过万万也想不到克明先落手为强的，将如海一把拉住，向院子里走去，他用了很严厉的口吻，先责备道：

"表哥，你做人真是太不应该了，我倒要来向你问一个仔细。"

"哼！你自己做人太不应该，怎么反而来骂起我来了？"

如海在别人的面前，照他心中的愤怒早已伸手一拳打过去了。但是在这位表弟跟前，不知怎么他会惧怕着三分。原因是克明个子比自己高大，从小在一起读书的时候，就打不过克明的，所以他和克明的争吵，总是先讲道理，不讲武力的，这也是如海乖的地方。克明听如海这样说，心中倒弄得有点儿莫名其妙起来，这就睁大眼睛，望着如海，怔怔地问道：

"咦！你这话倒奇怪了，我到底做人有什么不应该，你倒给我说出一个道理来？"

"那么我做人有什么不应该，你也给我说出一个道理来？"

如海见他是理直气壮的样子，这就不告诉他，也反问他说。克明见他学自己的样子反问，倒不免又好笑起来了，遂说道：

"我问你，你和红英结婚到现在也不过十几天光景，为什么却要住到外面去不回家来了？我想你娶了像红英这样的姑娘做妻子，恐怕也没有什么地方使你受到一点儿委屈吧！可怜她现在被人气得生起病来，我问你的良心可安吗？表哥，并不是我喜欢多管闲账，不过我就是这么心直口快的脾气，为了你们终身幸福问题着想，我是不得不向你忠告，你千万不要太任心所欲了，你应该戒掉鸦片，努力求学，来一个最后的挣扎不可。否则，你固然害了一个年轻的姑娘，而且更害了你自己的前途，我试问你怎么能够对得住我们的国家呢？"

如海被他说出这一大篇的话来，一时倒弄得怔怔地愕住了。心中暗想：照他这种语气听来，好像他和红英绝对没有一点儿关系似的，在他当然还完全是为了我们好的缘故，因此他把心中的愤怒倒又慢慢地消失了。呆了一会儿，方才低低地说道：

"你的话虽然不错，但是你哪里知道我所以和红英吵嘴，就是因为你的缘故。"

"啊！你这话是什么意思？难道我在破坏你们夫妇的感情吗？"

克明听了他这些话，自然不免大惊起来。如海冷笑了一声，显出十分气愤的样子，说道：

"我问你，红英膝盖上有一个瘢疤，你是怎么知道的？凭这一点，我和红英的感情可以完全破裂。同时我说得漂亮一点儿话，这一个妻子我可以送给了你，成全你们过去的交谊，免得我来伤这个阴骘。"

"哦！原来就是为了我前天那一句笑话，这真是冤枉极了。"

克明心中这才有了一个恍然大悟，不免笑了起来回答。如海见他若无其事地否认，望着他又木然了一会儿，问道：

"你也不必假惺惺作态，假使你们在过去没有爱情的话，那么你怎会知道一个女子下身的瘢疤呢？"

"你不要心急，我可以向你详细告诉一个原因的。在你未结婚前的二十天光景，我在路上遇见一个姑娘，她手里拿着的一包饼干被小瘪三抢去了，因为她想去追，反而跌了一跤。我想着见义勇为的一句话，我就把她扶了起来，只见她两膝已经跌破，血流如注，把衣服都沾上了血渍。这一个姑娘就是薛红英，不过在当初我自然不晓得，直到你结婚那一天，我方才知道。这天在校园里和你无意之中说了一句笑话，在当初我原想不到这许多，现在幸亏你向我直接地问了出来，否则为了一句戏语而使红英受了这种不白之冤，那我不是太以罪孽深重了吗？"

如海听他这样说，虽然是明白了一半，但至少还有些将信将疑的神气，微蹙了眉毛，自言自语地说道：

"难道真有这样凑巧的事情？我倒有些不相信。"

"啊呀，表哥，你这话说出来未免太看轻我的人格了。难道你以为我和红英真有暗昧之情吗？那么我倒要来请教你，在新婚第一夜的时候，你是死人还是活人？假使红英不是处女的话，你为什么不先吵起来呢？"

克明急得不顾一切地嚷了出来，如海听了这几句话，方才默然无语了。暗自想道：这话倒不错，我这人真也太糊涂了。新婚那夜，我虽然有点儿微醉，不过心里是很清楚的，她……她不是十足道地的是个处女吗？一时红了脸，倒回答不出话来了。克明知道他想明白过来了，遂拍他的肩胛，笑道：

"表哥，你回答我呀，一个人良心应该摆在当中，冤枉好人，这也是一件罪过的事情，幸亏是我克明表弟，假使换作了别人，这不是闹成天大的笑话了吗？"

"这固然是我为人太鲁莽，而一半是你太以恶作剧的不好，你既然和我开玩笑，但是你应该要老早告诉我的原因。比方说，我换作了你的话，那你的心中要不要疑窦丛生起来呢？"

"起疑固然是要起疑，不过这也只有一时之间的误会，你如何不仔细地想一想，竟然误会到底，这也可见你这个人的糊涂了。"

如海被他埋怨得哑口无言，这就笑了一笑，不再说什么了。克明此刻心中自然是轻松了许多，遂又说道：

"表哥，你现在一切都明白了，那么快点儿去安慰表嫂吧！这都是我开玩笑的不好，几乎闹出大事来，好吧！我们再见了。"

克明说完这几句话，方才匆匆地走了。这里如海才走进新房，只见小芸在服侍红英吃稀粥，见了如海，便不要再吃稀粥了。如海此刻改变了态度，笑嘻嘻地走到床边，低低地说道：

"怎么好好地竟生起病来了？医生看过了没有？"

红英别转了粉脸不理睬他，小芸代为答道：

"医生瞧过了，药汁也喝下了。少爷，你昨晚为什么不回来？可怜少奶的热度真烫手呢！"

"药汁吃过了，那热度就会退了。小芸！"

如海很温和地说，他叫了一声小芸，又向她丢了一个眼风。小芸会意，想起少年夫妻一会儿吵一会儿好，忍不住抿嘴暗暗好笑，遂自管退到房外去了。这里如海坐到红英的床边，去拉过她的手，说道：

"你身上的热度已经没有了。"

红英也不挣脱他的手，但是也不回答。如海低低地又笑着道：

"红英，你为什么不说话？难道你恨着我吗？"

"哼！我有资格来恨你吗？我恨不得早点儿死了，好叫你讨一个好妻子，免得我给你做眼中钉。"

"不过你也知道我心中的事情吗？在事情没有明白之前，我也许恨得最好把你一枪打死了，方才叫我心中痛快。"

"我有什么不端的事情落在你的手中，竟会使你恨得这一份样儿?"

红英这才回过头来，逗了他一瞥哀怨的目光，急急地问。如海见她粉颊上沾了亮晶晶的眼泪，好像海棠着雨一般地令人感到了楚楚爱怜，遂拿帕儿一面给她拭揩，一面说道：

"这事情说来话长……哦！我先来问你，你和克明表弟在我未结婚之前是怎么样才相识的?"

如海本来要直接地告诉出来，但转念一想，他又放起刁来，遂转变了话锋，向她低低地问。在他当然要试试克明和红英说的话是否是符合的。红英也是一个细心的姑娘，她想如海这样问，显然他是为了误会我和克明有爱情的缘故，那么我何不直接地向他告诉，就是和克明对质起来，也不会有什么虚心的了，于是说道：

"我和克明表弟相识，也无非是一面之缘，那是无意中的事情。"

红英说到这里，遂把过去的事情向他告诉了一遍。这和克明说的当然是没有两样，如海心中似乎完全明白了，这就含了笑容，说道：

"那么事情都是由开玩笑而引起误会的，现在我完全明白了，很对不起你，因为我险些委屈了你。"

"你虽然是明白了，可是我倒不明白了，请你还得详细地告诉我，你是为了怎么样才引起误会的呢？"

　　红英凝眸含颦地瞅住了如海的脸问，在她芳心中少不得有些哀怨的成分。如海道：

　　"这事说来，当然是表弟不好，他对我开玩笑，说你膝踝上有一个瘢疤，我想女人家的下身，一个男子怎么会知道？况且你我新婚不久，而且现在又是秋天季节，你当然不会露了大腿给任何人作为展览的。那么除了你们有关系之外，还有什么可想呢？幸亏刚才遇到克明，他对我说明了和你相识的经过，所以我才完全地明白了。红英，你想，这不是儿戏的事，你能怨我不心中妒恨吗？"

　　"话虽这样说，但是你也不应该没头没脑地给我受这样的委屈。正是你所说幸而你身边没有备了手枪，否则，被人一枪打死的话，那我不是死得太冤枉了吗？况且我是否是一个处女，你难道还含糊地不知道吗？我想不到你竟会糊涂得这个样子。"

　　红英说到这里，喉间已经哽咽住了，一阵子悲酸，眼泪早又扑簌簌地直滚了下来。如海在这个情形之下，还有什么话好说，除了连连赔错之外，是只有像小丑般地向她温存。红英这才把气慢慢地平了下来，因为她的病原是气愤所致，此刻吃了药后，再被如海温情蜜意地一安慰，自然而然地会愈了。两小口子在闺房里调笑了一会儿，也就和好如初了。哪晓得过了几天，忽然消息传来，说克明被捕到宪兵司令部去了。红英听了，那颗芳心忍不住像小鹿般地乱撞起来。

第七回

　　克明那天和如海声明了这个误会之后，他匆匆地走出了张公馆。虽然心中是很痛快，但在自己立场上说，不免受了一点儿小小的刺激。因为如海若和红英说明了这个误会的缘故，在红英的心中难免要怨恨我离间他们夫妇感情，这样在我良心问题上，当然是很对不住红英的。而且下次和红英见面的时候，也很有点儿惶恐的了。其实我是并无存不良的心，总而言之，自己是太痴心了一点儿。不知为什么，克明觉得心里有块铅质样东西镇压着一般难过，他在神志昏糊之中，踏进了舞厅的大门。

　　在舞厅里喝了一瓶啤酒的缘故，他和一个年轻的舞客发生了冲突。那个舞客也是喝得醉醺醺的，大概他有特种势力的关系，所以嘴里骂人不算，还要挥起手来，啪的一声，在克明颊上就量了一下耳光。克明是个身强力壮的青年，况且血气方刚，同时更因为喝了一点儿酒的缘故，所以不甘自弱地把那舞客一拳打倒在地，一连的就是两脚，那舞客连说了两个"好"字，他便奔到外面去了。克明以为他逃走了，所以也不以为意，倒是克明跳的这

115

个舞女张美美，向他叮嘱着说，这个小黑炭是宪兵队里做事情的，你打了他，还是快点儿逃走了好，否则，要受他亏的。克明冷笑了一声，却不肯溜走，依然跳舞。谁知不到半个小时，果然那个舞客带来四五个宪兵，走上前来，先向克明打了两记耳光，一面拔出手枪，一面取出手铐来。克明在这个情势之下，还有什么反抗的能力？也只好拖着沉重的脚步，跟他们步出了舞厅的外面，只见人行道旁停着一辆汽车，宪兵在克明身上用枪柄打了一记，口里喝了一声，克明于是跳上汽车，被押到宪兵司令部里去了。

克明还是第一次到这种黑暗无光的人间地狱里，当他踏进这个魔窟之后，自然难免心惊肉跳起来了。把他先押到一间办公室中，那边写字台上坐着一个宪兵队长，那当然是个日本人，他向四五个宪兵用日语说了几句，四五个宪兵向那个舞客望了一眼，也回答了几句，表示是他来报告的意思。那个舞客也用日语向队长报告，队长先叫他们把克明浑身搜抄了一会儿，然后向他问道：

"你叫什么名字？"

"我叫李克明。"

"你今年几岁？家里住在什么地方？是不是三民主义青年团的团员？"

克明苦在不懂日语，所以在当初不知道他们闹的什么鬼把戏。现在听了队长那几句生硬的中国话，方才明白那个舞客诬告我是三民主义青年团的团员来报他一点点私仇，这真所谓狐假虎威，来杀害自己的同胞，其丧失心肝，真使人切齿。这就摇了摇头，说道：

"我不是三民主义青年团，我是安分守己的良民，我还在学校里读书，我从来不参加什么政治工作的。"

谁知克明话还未完，那旁边四五个宪兵，早已在克明颊上啪啪地打起耳光来，打得克明牙齿血都沾上了满口，几乎有点儿七荤八素起来。克明待要声辩，只见那个舞客，不，那个走狗，抬了两条木棍子，走了过来，对克明狞笑了一下，接着宪兵把克明身子拖倒，一条木棍放在地上，叫克明跪着，一条木棍夹在他的屈膝处。那个走狗，手里又拿了皮鞭，一面剥了他西服上装，一面便狠命地连抽了两记。克明负痛，身子向前冲跌，但两手又上了铐子，因此脸在地上就擦了一下。在这样情形之下，克明总算领略到这友邦人士所待遇的恩典了。

"他妈的，你这狗小子，招认不招认？"

那个走狗不但没有一点儿怜悯的意思，他抽起皮鞭接连地又打了下去，口里还大声地怒喝着。克明望着他惨白了脸，用了哀求的口吻，低低地说道：

"先生，你叫我招认什么？你……你也是有心肝有血肉的中国人，你难道为了一点儿小小的私怨，你就想杀害一个同胞吗？我问你的良心可对得住你的祖国吗？"

"他妈的，他妈的！"

那走狗听了，反而增加他心头的怒火，连骂了两声他妈的，皮鞭早又在克明身上抽了下去。队长见他不招认，便叫宪兵把洋蜡烛点起火来，又将克明衬衫也剥去了，要把烛火去烧他胁下的腋毛。克明自落娘胎以来，哪里吃过这样的痛苦！这就向宪兵要了纸笔，在纸上写了这几个字道："士可杀而不可辱，要杀请杀，不能侮辱。"队长见了这几个字，向他笑了一笑，便问他又道：

"侬真的是个好百姓吗？"

"是的，我本来就是个好百姓。"

"侬认得啥人？啥人可以来担保侬是个好百姓？"

"我认得张相卿，他是我的姑爹。"

克明听他这样问，这也是祖宗大人有灵心，他触动灵机连忙把姑爹的名字说了出来。队长听了张相卿三个字，点了点头，遂在写字台上摇了一个电话去，齐巧那边张相卿没有到来。队长于是吩咐宪兵把他暂押起来，等问明了张相卿，再做道理。克明不由透了一口气，遂跟了他们到一间石室，里面之脏，等于猪棚间一样。那走狗把克明推倒在草堆上，向他身上猛踢了几脚，冷笑道：

"你这狗王八蛋，今日也知道小爷的厉害吗？"

克明忍耐了一肚子火星，默不作答。谁知他竟伸手又把克明胸口抓了起来，挥了左手，又是两记耳光，骂道：

"他妈的，你是聋子不成？小爷说的话你听见了没有？装什么死腔？你哑子了不成？"

克明也是个倔强的个性，他瞪了眼睛，还是不开口回答。那走狗恨恨地向他又拳脚交加地侮辱了一会儿，才心满意足地走出去了。克明在定心地坐下之后，方才觉得浑身都疼痛起来，他想到自己竟会受到这样的痛苦，因此深悔不该踏进舞场里去，否则，如何会飞来个杀身的横祸呢？他把久熬住了的眼泪，才滚滚地翻落了两颊，于是又想到一个人民怎样能够不去爱护他的国家？到今天才知道野心国之残忍，有甚于毒蛇猛兽的了。克明是恨得咬牙切齿的，他想自己这次若死在这里的话，也是命该如此，假使能够侥幸不死的话，那我一定离开这暗无天日惨无人道的上海，我一定要唤醒千万的青年，去杀我们的公敌，我情愿死在沙场，也再不情愿苟安在这黑茫茫的世界上了。

就在这个时候，外面两个宪兵又拖进一个六十多岁的老年人来。那老年人的脸已变成了死灰的颜色，他仿佛是一头已牵入屠场的牲口，他的全身都在瑟瑟地抖动得厉害。宪兵既然把他拖进里面，就去剥下他身上的长袍。那老年人话又不懂，要想苦苦哀求，却被他们啪啪地先来了几记耳光，因此可怜他是急得双泪交流，几乎要哭出声音来了。脱了他长袍不算，还要脱了他短衫，只剩了一件衬在贴肉的汗衫。克明有些不忍，他心中是有说不出的愤怒，暗想：这般年纪的人了，他还有什么罪恶呢？唉！野蛮民族之良心简直是没有的了。正在暗暗痛恨，只听那老年人极声地叫了一声。克明回头去看，原来那老年人已被吊绑在一根木架子上，宪兵用了皮鞭，在狠狠地抽打。口里还骂着日语的话，抽打了数下之后，方才操了生硬的中国话，向他问道：

"你这老东西！到底说不说出来？你不说出来，今天可打死你在这里了。你难道不怕死吗？"

"我真的不知道，你叫我说些什么好呢？先生，我们是老百姓，没有武力来抵抗你们，请你们放一点儿人道主义出来。虽然我们国家在战争，但我们同是大地上的人类，而且大家又是黄种人，请你发一点儿慈悲心，饶了我这一条老命吧！"

"他妈的，你儿子是重庆分子，你还说不知道吗？你还要抵

119

赖吗？他妈的！他妈的！"

那老者哀求的话虽然已经是多么令人悲酸，但是在这班没有心肝人的面前，是根本不能得到一些同情的，他连连骂了两声他妈的，手里的皮鞭早又毫不顾虑地打了上去。这两记是打在他的脸部上，在他面上立刻显现了两条十字架的青红条子，接着他鼻头红的鲜血也已点点地滴下到胸襟上来。宪兵一面抽打，一面要他说出他儿子的所在地。那老年人也不知道是真正的不知道，还是为了骨肉之情并国家的人才起见，情愿牺牲自己这一条老命。所以他咬紧牙关，却始终不肯地吐露半句。两个宪兵恨极了，遂把那老年人拖倒在一张长凳上，把他覆卧着用绳子捆住，然后两人把皮鞭在他背脊上像打铁一般你一记我一记地抽打起来。那老年人起初还惨声地呼救，但是不多一会儿早已连呻吟的声音都没有了。

克明见了这一幕惨无人道的情景，他的心都碎去了。他不相信这是在打一个有皮肉的人类，他觉得这仿佛是打一块木然无知的石头。因为是你一记我一记地抽打，这啪啪的皮鞭落在背脊的声音是十分均匀，简直是很含着节拍，因为四周静寂的缘故，那抽打的声音更加清晰。可怜那老年人的背脊，这一件汗衫本来是白色的，现在已染上了一条一条鲜红的花纹，在起初那鲜红的花纹还可以分出条子来，但不多一会儿，那条子已合并在一处了，几乎整件汗衫都当成紫红色的了。

克明是闭了眼睛，因为他是惨不忍睹，整个石室内的人都在流泪了。但是他们人面兽心的野蛮者，脸上还浮现了狞恶的冷笑，因为那老年人已好久不动弹了，于是他们停了痛打，把他放下绳子，一脚踢在地上，另一个宪兵拿了一盆冷水，在他身上不管死活地一倒，便走到外面去了。他们的脸上都很自然，没有一些紧张和哀怜的意思，步子是相当轻松，不管他有没有告诉出他儿子在什么地方，他们好像是完成了一件杀人的工作。

众人等宪兵们走了出去，大家都不约而同地走到那老年人的身旁去，但既然走近了过去，却又不约而同地退了回来，掩着脸，叫了声"天呀"，几个脆弱的人都已失声哭了起来。克明身入地狱方才知道世界上真有这样残忍的事情，自己在未入地狱之前虽然也耳闻宪兵司令部里的残酷，但在当初因为没有目睹，似乎也并没有感到怎样的痛痒，但现在我是身历其境了，我真不相信这还是一个人间的世界，这根本就比地狱更要痛苦的了。见了那老年人遭受的毒刑，想到自己这一点儿小刑罚，还是上上大吉，真所谓祖宗有灵，否则，求生不得，求死不能。倘然我父母知道了他儿子遭到这一种惨变，可怜他们老人家也不知要惨痛到怎样的地步呢。克明想到这里，一阵子悲酸，他的眼泪也忍不住滚下来了。

大概是晚上十二点光景了，那老年人方始悠悠地醒回来。克明在这种地方当然是没有睡着，所以一见他身子在抖动了，遂很快地走上去，俯身去扶他身子。不料那老者却叫了起来，克明被他一叫痛，顿时不寒而栗，那汗毛根根地会直竖了起来。这就低低叫道：

"老先生，你……到底是怎么一回事？"

"哦！你这位先生，我……我……怕是不中用的了，我年纪老了，我虽然死了，我反正是个没有帮助国家的人，所以那是没有关系的。只要我儿子能够不死，替国家出力，将来替我做父亲的报仇，不，替我们千千万万的同胞报仇，我……是很安慰的了。"

克明听了他这几句话，觉得这是一颗催泪弹，那眼泪像潮水般地涌上来，这就颤抖地说道：

"老先生，你真是一个有思想、有勇敢的爱国者，你虽然在他们残酷的毒刑下做了牺牲，但你的死是有价值的，你躯壳虽脱离了人间，但你的精神是永远地在世界上的。老先生，你贵姓？我假使不死的话，我一定要给你留一个纪念。"

"谢谢你，我姓沈名叫章熊。你贵姓？可怜你是一个有用的青年，你绝不能被他们害死，倘然我死了之后，我的阴魂一定会在暗中保佑你不死。"

"我叫李克明，沈老先生，我实在太敬佩你了，我以为中国的人心未死，将来总有胜利的一天。沈老先生，你儿子叫什么名字？他在什么地方？你有没有什么话要我给你做传达吗？"

"不，我没有什么话可以对他说，因为他本来是个热血爱国的好男儿。同时我也不希望给他知道我已惨死在地狱里的消息，因为他也是一个很有孝心的孩子，他若听到了这个消息，说不定会痛不欲生，那么这又不是我们国家的损失吗？"

"沈老先生，做父母爱子女之心，还有什么可以来超过它的崇高和伟大！我在这里向你致敬，我在这里为你痛哭了。"

克明敬爱到了极点，同时也伤心到了极点，他忍不住掩着脸真的哭泣起来了。沈老先生苦笑了一下，很庄严地说道：

"李先生，你不要哭，哭是弱者的表示，哭绝不能打动他们铁石的心肠。我们唯有咬紧牙关，来流我们的热血，来牺牲我们坚毅不屈的精神，这样当然更巩固我们国家的基础。你看着吧！不久将来，我们就会得到光明的胜利。"

沈老先生说到最后的时候，他已是奄奄一息了。克明除了流泪之外，他说不出一句什么话来。过了一会儿，沈老先生又惨声地叫痛起来，他断断续续地说道：

"啊呀，喔唷，我浑身痛死了，我要死，我要早点儿死，我在这浑身感到刀刺一般的痛苦之下，我求早点儿死。李先生，你能不能发发慈悲心，找把小刀来爽爽快快给我刺死了，早点儿脱离了这活地狱的苦海。喔唷！喔唷！天哪，天哪，我活了这么六十多年来，谁料到我会弄到这样的下场，这难道也是我前世作了什么孽的报应吗？"

克明听他这样说，他全身是抖得厉害，他没有办法，他奔到角落里去，拿了手去塞了自己的两耳，闭了眼睛，他不忍再瞧，他只觉得自己一颗心是已经一片一片地碎开来了。这时整个石室内的同胞，不知是犯了什么罪的犯人，他们都痛哭了。有一个二十多岁的青年，忽然疯狂地叫喊起来，说道：

"你们这班惨无人道的日本乌龟，你把我们杀了吧！你把我们杀了吧！"

这是一个女子的喊声，她被关在这个地狱里已经有一个多月了。在这一个多月的日子中，她已看见了算不清被他们用各式各样刑具残杀的同胞，所以她神经已受了极度的刺激，把她一颗芳心已震动得失常起来了。她大声地叫喊痛骂，她完全地已疯狂起来了。里面这样地吵闹着，难免惊动了外面值夜的宪兵，这就拿了刺刀恶狠狠地走进来，骂道：

"你们这班猪猡！哗啦哗啦啥事体？"

"你倒是一个猪猡！日本乌龟！他妈的！我今天与你拼了吧！"

一个二十多岁的青年，眼睛里发出了绿的光芒，他的神志已被一种莫名的愤怒所昏糊了，他已预备一个死。他在回骂了这两句话之后，猛可地扑了上去，抱住那宪兵的脖子，凑过嘴去，竟在宪兵的脸颊上狠命地一口咬，真的给他咬下一块鲜血淋淋的肉来。克明在旁边看了，虽然是感到一阵子痛快，但却也给他捏了一把冷汗。果然那宪兵大叫了一声痛呀，他不管一切地把刺刀向那青年身上猛可地刺了过去。那青年被他刺倒在地，此刻他也会忘记了痛苦似的一骨碌翻身爬起，第二次又扑过来的时候，宪兵便向他砰的一声，早已一枪把他开死了。那宪兵似乎心有未甘地奔了过去，把刺刀在他身上又连连地戳了几十刀，不过那可怜的同胞已经是不晓得知觉了，所以任他刺几十刀几百刀，也一切都茫然的了。那时这个女子也向他怒目切齿地娇叱道：

"你们这班三岛的倭奴，你们这班不知人道的魔鬼，你们夺了我们的土地，你们又杀了我们的同胞，你们将来也绝不会有好死的！"

"哈哈！你这个花姑娘也这般的倔强吗？我不给你一点儿颜色看，也不知道我们皇军的厉害！"

那宪兵一手按着被咬伤的面颊，一面他要把刚才受的那股子怨气出到那女子的头上来。那女子不但并无一点儿害怕的样子，她也哈哈地狂笑了一阵，说道：

"什么皇军？无非是一种次等的强盗罢了。哼！强盗的人格也许比你们更要强得多哪！"

"好，好，强盗就强盗，我就强污了你。"

那宪兵一面说，一面像虎狼般地向那女子扑了上去。那女子一面用手向他乱扯，一面竭力地挣扎。宪兵无法控制她，遂拔出刀来，在她大腿上先是一刀。那女子负痛，站脚不住，不由自主地跌倒下来。宪兵一手拉破她的衣服，一手便当众强行非礼起来。克明瞧了这个情形，几次三番想赶了上去和他拼个死活，但转念一想，我不能凭了一时之勇去做那无谓的牺牲，我还有我重大的使命，要去唤醒成千成万的青年，来干那更要紧的工作。克明在这样思忖之下，他是背过身子去，不愿再看这一幕禽兽的行为。也不知经过了多少时候，忽听那女子竭叫了一声，好像是无限痛苦的样子。克明连忙回身去看，谁知那女子的喉管内鲜血直冒，原来那宪兵既把那个女子强行奸污之后，因为那女子挣扎，他遂抓起小刀，向她喉间就是一刀。这样很简单的，在黑沉沉的长夜里就结束了我们两个同胞的一生。

第二天早晨，克明正在合了眼皮养神，忽然一阵子脚步声惊醒了他。只见宪兵们押了一个很雄伟的青年走进来，他的脸部已是红红的青青的有了不少的伤痕，可见已经被他们用皮鞭痛打过一顿的。克明暗想：难道这里的罪犯竟是川流不息的吗？死了几个，又会补进了几个，唉！真不知多少青年男女牺牲在这个暗无天日的魔窟里呢。心中正在暗想，只见他们把那个青年的衣服都剥光了，只剩了一条短裤，他的两条手臂套在两个铁圈子里，然后拿了皮鞭，先在他身上啪啪抽了两记。那个青年倒真是结实，他咬紧了牙齿，连哼都不哼一声。宪兵冷笑着问道：

"他妈的！你们团部到底在什么地方？"

"不知道。"

"不知道？他妈的！打！打！"

随了这两声"打打"，那皮鞭落在肉体上啪啪的声音又接连不断地响了起来。克明见他满身都是伤痕，由青而变成了血印。那青年额角头上的汗点儿，像蒸汽水似的冒了上来，闭了眼睛，咬着牙齿，从他这一副情形看来，也可见他是痛苦到怎一份儿程度的了。克明心中好像有人在刺一样，虽然是打在那青年的身上，可是自己的内心会感到无限的痛苦，他的眼泪不由自主地滚了下来。这时又听宪兵怒叱道：

"他妈的！你招认不招认？难道你不怕死吗?"

"哼！你们这班强盗土匪，打死了我也没有半个'怕'字的，你老子怕死的话，也不干这个工作了。"

"好！好！拿自来水把他灌起来。"

另外一个宪兵这样提议着，旁边都赞成了，于是他们又忙碌了一阵，把皮带管子塞到那青年的口里，那边开了龙头，可怜那个青年要想挣扎，可是再也挣扎不脱，只有连连地摇着头。因为他是浑身都赤裸着，克明可以见到他腹部慢慢地隆高起来，从可知这是腹中有了多量自来水的缘故。当他们把皮带管子拔出他口外的时候。那青年嘴一张，哇的一声，自来水像喷水池般地涌溢出来。宪兵们见了他这个情形，都觉得好玩地笑起来。另一个又把皮鞭在他腹部连抽数下，喝道：

"他妈的！你们团部到底在哪里？你说不说出来?"

可怜那个青年如何还会说得出话来？他只会瞪着眼睛，向他们狠视着，大有恨不得生啖其肉的样子。宪兵见他还敢这样的倔强，遂把两臂放下，一脚踢倒，那青年就仰天卧在地上，宪兵们把皮靴脚站到他的腹部上去，身子还一松一松地跳动着。他一跳，那青年的嘴里就有无数的水直吐出来，在他跳动了七八次之后，可怜那青年吐出来的已经变成鲜红的血了。克明看到这里，再也不忍看了，他紧紧地闭了眼睛，暗暗地叫着：天呀！这样残酷的举动，那还成什么世界呢？难道他们是没有心肝的吗？不料这时候，宪兵又放出两只猎犬来，它们是训练好的，不知怎么的一个举动之后，那两只猎犬就将那青年头上身上腿上乱咬，没有片刻工夫，那青年是已经变成头管头、脚管脚的了。克明的一颗心已经碎了，他经不住这种恐怖的摧残，他几乎要变成心脏病了。

克明在这黑暗地狱里住了五天，每天见到同胞们被残杀死的也不知有多少。都是用那些最毒、最酷的刑具给他们慢慢地死去。克明觉得自己在这里若再住下去，不是急死，也要吓碎了心肝而死的。幸而那天早晨十点钟的时候，一个宪兵来带他到办公室去了。克明被他带走的时候，因为不知道是做什么去，所以两颊是呈现灰白的颜色，一颗心几乎要从口腔内跳了出来。当他跨进办公室，见到自己姑爹张相卿也坐在写字台旁边和那队长谈话的时候，方才得到了救星一般地定下心来，遂很快地走上去，叫一声姑爹。那队长向相卿用日语说了几句，相卿点了点头，也说了几句日语，遂站起身子，和他一鞠躬，带了克明匆匆地走出宪兵司令部的大门。

克明在大门口抬头望到青的天、白的日，这才深深地叹了一口气。不知为什么，他的眼角旁会涌上一颗晶莹莹的泪水。相卿在人行道旁原停着一辆汽车，车夫见老爷走出，遂开了车厢，克明跟了相卿跳上汽车，汽车便向前直开了。

相卿在汽车里少不得要问问克明被捕的情形并原因，克明只好从实告诉了他，相卿当然向他教训了一顿。汽车到了李家，两人敲门进内，李太太的眼睛哭得像胡桃似的，一见克明回来，真是又悲又喜，一把抱在怀内，便又哭了起来。这里克明父亲李骏华招待相卿到会客室用茶，说了许多感激的话。相卿因为另有他事，遂告别走了。这时骏华来到上房，见克明人瘦得不少，五天没看见，好像换了一个样子。因为在相卿那里已经知道克明被捕的原因，所以免不得要向他教训着说道：

"克明，你这个孩子真也太该死了，你要知道现在我们国家已到怎样危险的地步，你们这班青年应该努力读书，以求上进，以期将来为国效劳才好，你如何有心思竟然走到舞厅里去沉醉？那你怎么能对得住你自己的良心和国家？假使这次没有你姑爹来做保将你救出的话，那么你的牺牲，我问你可有一点儿价值吗？唉！国家已到这样地步，上海的青年，还是歌舞升平，灯红酒绿，你想，日本人如何不要来夺我国的土地呢？"

李太太听骏华不但不安慰克明，反而向他厉声地责备，一时便肉疼起来，先代克明和骏华吵闹着说道：

"孩子已经受了这样的惊吓，吃了这样的苦头，你不向他安慰，怎么还神气活现地骂他，难道你喜欢他被日本乌龟害死了，你才快乐吗？我是只有这一个孩子，他是我的命根一样，克明若有三长两短的话，我的老命还要他做什么？倒不如死了好！"

李太太一面说，一面便呜呜咽咽地哭了起来。骏华这就弄得呆住了，虽然心中有点儿恨太太未免溺爱了儿子，但口里却不敢再说什么话。倒是克明含了眼泪，无限沉痛的神情，劝住了母亲，说道：

"妈，你不要哭，我不是好好地已回来了吗？爸爸骂我的话，句句都是金玉良言，而且十分不错。我确实太该死了，对不住自己良心，而且更对不住国家。不过孩儿平日本来很洁身自爱，从来不跑舞厅，那天也是偶然进去的，谁知道就闯下了这个大祸。假使我被害死在那边的话，我又怎么能够对得住你们双亲大人呢？"

克明说到这里，想起司令部里种种惨不忍睹的情形，觉得进去之后要再出来倒实在是件很不容易的事情，所以他全身会抖了一抖，眼泪也不由自主地流了下来。李太太听儿子自己也这样说，可见他实在是个好孩子，于是也不再哭泣，快吩咐仆妇把牛奶烧好端上来给少爷喝下，一面又叫他到房中去休息。晚上又烧了一只鸡给他补补身体，因为在这五天内克明实在是饿得够苦的了。

这也许是因为肠胃太枯燥的缘故，吃了多量的油腻，所以第二天克明却腹泻起来，而且身上稍许有点儿热度。李太太是急得不得了，连忙又请医撮药，给他调理。这天下午，如海匆匆地来望克明，向他问问司令部里的情形。克明叹了一口气，说道：

"表哥，说起这里面之悲惨，真是比地狱更要胜过了万倍。可怜我们同胞简直不是人类的一分子，比屠场内的牲口还要低贱万倍。牲口在屠场里也不过是一个死，但这里面的我们同胞，他叫你死不得活不得，慢慢地一步一步地死。啊！天哪！我在未入这魔窟之前，怎能知道有这许多中国人在受这种侮辱、这种痛苦呢？"

"我想最可恨的就是这些帮凶，日本人之杀害我们同胞倒也不要说他了，中国人帮了日本人来杀自己的同胞，这……真是千刀万剐也不能抵去他的罪恶。"

如海激于义愤而说出了这几句话，在他当然是没有想到这许多。但克明的心中自然要想起姑爹平日的行为来，他觉得司令部里这些被惨死的同胞，有半数之上至少是姑爹引渡过去而死的。那么换句话说，这些同胞志士都是死在姑爹的手里。唉！想不到姑爹会做这一种丧失心肝的工作，这……他如何能对得住国家和良心呢？如海见克明听了自己的话，并没有回答什么，却在呆呆地出神，遂又说道：

"那么你可曾吃着了苦头没有？"

"我若不提出姑爹的名字来，恐怕我也要死在这魔窟里了。就是我再被姑爹设法保出来，侥幸不死，也得残废不可的了。表哥，我倒要劝劝你，你以后千万舞厅不跑，倘然和我一样地发生了这个横祸，那怎么的好呢？想我们中国的同胞，被外人这样凌辱残杀，我们假使有心肝的话，如何能不起来挣扎，力求自由平等呢？所以我还得向表哥忠告，你千万把鸦片烟第一要戒去，我见你这几天脸色好像比从前更苍白了一点儿，可见你不但没有在戒烟，而且还吸得更有瘾头了是不是？"

如海听克明这样问自己，一时颇觉羞惭，红了两颊，却支支吾吾地说不出话来，好一会儿，方才苦笑了一下，说道：

"表弟，你这话虽然不错，但是你不知道吸上了瘾头之后，要戒掉实在不是一件容易的事情。"

"这是因为你没有决心和勇气的缘故，表哥，你要知道将来的痛苦和难过，你应该立志戒烟不可。唉！上海是太黑暗了，太可怕了，在当初我还是糊糊涂涂地不知不觉，现在我是受了一个教训，我觉得像我们这样青年是应该有一番最后的挣扎不可。"

克明说着，表示无限沉痛的样子。如海想想自己的行为，实在有点儿难为情，但口里也只好附和了几句，因为坐在这儿无趣，遂安慰了他一回，匆匆地告别走了。

如海的烟瘾，只有一天一天地深起来，在当初不过每天吸一次，现在他每天非吸三次不可，倘然不吸的话，说也奇怪，呵欠会一个一个地打起来。此刻他走出李家大门之后，呵欠又接连地打了两个，心中暗想：我是非吸烟不过门的了。但这时若回家去吸，未免错过了游玩时间的好机会，而且又是曼娜在米高美上茶舞的时间，前星期原约好的，我若不去的话，将来碰头的时候很不好意思。他没有办法，只好先买了一包三炮台香烟，一路吸到米高美，吸去了五支，方才觉得精神好一点儿。到了米高美，他当然是叫曼娜坐台子，曼娜是早已和他发生了关系，所以一见了面，真是恶形恶状地向他亲热得有些肉麻。如海被她迷得有些混陶陶，遂在她腰间摸了一把，笑道：

"曼娜，你这几天身子胖得多了，近来大概胃口很好吧！"

"说起胃口，真是好得了不得，天天吃蹄子，饭每顿起码三碗，这几天人家见了我，都说我胖得多了。"

曼娜笑了一笑，手抬上去拢了拢拖在脑后的发，表示十二分兴奋地回答。如海很神秘地笑道：

"我想你的发胖，还不是饭的力量，也许是多吃了几杯牛奶的缘故。"

"你不要胡说白道，我平日就不喜欢吃牛奶的，你不相信，可以问我的妈，我每天早晨点心也不爱吃，喜欢吃泡饭的。因为一天三顿饭，吃得很调匀，所以身体才会强壮起来呢！"

"你早晨虽然不吃牛奶，不过你每天晚上少不得要吃一次牛奶的，所以补得越发胖了是不是？"

"嗯！你这人真不是好东西！"

曼娜嗯了一声，把身子偎倒他的怀内，伸手在他大腿上一拧，秋波逗给他一个妩媚的娇嗔，却是哧哧地笑。如海趁势在她颊上吻了一下，拉了她的手。笑道：

"曼娜，来，我们跳舞去吧！"

两人手挽手走到舞池里，正要婆娑地起舞的时候，忽然见走来一个花信年华的妇人，把如海的人拖开，冷笑道：

"好啊！我何处不找到，谁知你却在这里。"

原来这个少妇不是别人，却是汪太太。汪太太因为多日未和如海相会，打电话去找他的时候，每次总是不在家里，所以心里非常怨恨，今天她见如海和那女人这样肉麻地亲热着，一时她便泼起醋罐子来，竟向如海来起这个交涉了。如海见了汪太太，便含了笑容，低低地说道：

"很对不起，这几天我因为实在太忙的缘故。"

"太忙？哼！天天忙在舞场里和烂腐婊子游玩吧！"

汪太太气得绷住了粉脸，气愤愤地回答。曼娜听她当着自己就这样地侮辱起来，因为凭了如海刚才这两句话的回答，就可以明白那女子也绝不是如海的妻子，无非是七搭八搭的相好罢了，换句话说，和我们的关系是差不多的。这就也冷笑了一声，也把如海身子拉了过去，骂道：

"你是什么东西，你敢开口骂人吗？你自己倒是一个不要脸的烂腐婊子！"

"好，好，你……骂我，我就打了你，便怎么样？"

汪太太一面说，一面撩起手掌来，就在曼娜面颊上拍了两记耳光。曼娜在交际场中也是有名的泼辣货，今天吃了她的亏，怎么肯甘心示弱？于是也把身子撞了过去，拔出拳头，向她胸口就打。汪太太一手抓住她的头发，两人这就扭作一对大打起来。如海站在旁边，急得连喊不要打不要打。可是谁肯听从他的话。正在大打出手的时候，幸亏来了一个救星，这个救星是谁呢？原来是汪太太的丈夫汪大队长，他和了几个日本翻译也来舞厅里游玩，一见自己女人在和人家吵闹，遂走上来把她们拉开了，问道：

"什么事情，什么事情？有话好好说，为什么打起来，像个什么样子？"

"好！你来得正好，快把这个贱货捉到队部里去。"

汪太太一见了丈夫，这就胆子更大了数倍，她的喉咙也更响起来。曼娜一听她这样说，方才知道遇到了顶头货色，一时倒不免急出了一身冷汗。但事情说起来十分凑巧，那个日本翻译齐巧也是曼娜的舞客，当时曼娜一见了他，好像得了救星一般，立刻

133

把他拉住了，曼娜也学会了几句日本话，所以一面哭，一面向他唠唠叨叨地诉说了一大套。那个日本翻译和曼娜也发生过关系，所以不得已出来做一个调解人，遂含笑说道：

"好了，好了，大家都是自家人，吵些什么？看在我的面上，马马虎虎拉倒了。"

汪大队长听了爱妻的告诉，正要大发威风，万不料这个日本翻译和那舞女是相识的，一时也只好看在他的面上，大家就没有话说。一场风波，总算平静下来。如海早已一溜地逃出了舞厅，跳上三轮车，匆匆地回家去了。心中由不得别别地乱跳，暗想：这件事情真有些尴尬，万一他们寻根追底地问起原因来，我……还能做人了吗？所以他是怀了鬼胎，悄悄地回到家中，踏进自己卧房的时候，万不料红英躺在床上却呜呜咽咽地哭泣呢！

第八回

　　红英为什么在哭泣呢？这事情说起来话长。原来张太太听了女儿的话，对于红英这个媳妇便不大喜欢。既然不喜欢，当然是想尽方法地要去磨难她。她说自己年纪老了，况且有了媳妇，家中一切事务是应该放手的了。那么接手的当然是红英了，在一个大家庭里做当家人，那是一件不容易的事情，况且红英才做了新媳妇，对于家中大大小小的佣妇又摸不着她们心理，有时候反而要受下人们的欺侮，真是重不得，轻不得。管得太紧一点儿，说对待低下人太刻薄，若松一点儿，婆婆埋怨自己不会做人家。况且张太太每月开销的铜钿又是限制得很紧，现在生活程度高，样样东西飞涨，所以红英只有把自己的一点儿私蓄也贴补进去。这种苦楚在婆婆那里是说不出的，要想丈夫那里得一点儿安慰，但如海偏偏又在外面成天地荒唐，单拿戒烟这一件事情来说，红英也已经知道如海是没有真的实行，无非是骗骗自己木头人罢了。在两面都感到失望之下，红英的芳心里怎么还能不伤心呢？这天晚饭的时候，张相卿在家里请客，菜都要自己厨房里烧出来的，红英忙了外面那桌菜，对于上房里的饭菜就不免迟开了一些时候，不料柳姑差小芸就来催了好几次。红英心急慌忙地把手都被油锅子烫了一下，这就痛得眼泪水都落了下来，哀怨地说道：

"难道她不知道爷爷今天晚上在家里请客吗？就是迟了一点儿时候那也没有办法的事情，为何急得这一份儿样儿呢？她吃了是不是还要办公去吗？"

红英说几句话的时候原没有想到这许多，谁知道柳姑因为和少云真的约在舞厅里游玩，所以她是急得自己也跟着到厨房来的，不料齐巧被柳姑听见了这几句话，于是冷笑了一声，说道：

"少奶奶，你少发一点儿脾气吧！看看时钟已经七点钟了，难道还不是应该吃晚饭的时候吗？你自己在厨房里反正先吃饱好了，管得了人家肚子饿不饿呢？"

"柳姑，你这……是什么话？我几时在厨房里先吃饱了？那么你干吗不到厨房里来监督监督呢？"

"哼！你和我作对没有关系，我就不吃这顿晚饭也没有什么大不了的。"

柳姑一面冷笑，一面回答，她身子便匆匆地奔到外面去了。红英已经忙得够辛苦了，还要受她这样的闲气，一时真气得有些发起抖来。倒是烧火娘姨和小芸都同情新少奶，安慰红英，说这种不讲理的人还是不必理睬她好。红英拭了眼泪，也不说什么，急急地烧舒齐了外面请客的菜，一面又备好上房里的饭菜，亲自端到上房来。小芸端了饭锅子，把饭盛出，红英叫婆婆好吃晚饭了，张太太铁青了面孔从套房里走出来，冷笑道：

"今天晚饭还是不要开了，反正我们饿一顿也没有关系的。"

"婆婆，请你原谅媳妇，实在是我忙不过来的缘故，公公在大厅请客，他们的菜不是更要紧吗？"

"你有公公，难道就没有婆婆了吗？况且外面也不是十桌二十桌的酒筵，这一点点小事当作一件天大的事情看待了，你不是明明地看不起我做婆婆吗？现在柳姑饭都不吃地到外面去了，假使饿出毛病来，我倒要向你问话了。"

张太太气呼呼地说着，还向红英连连地白眼，红英低了头，不敢说一句不字。小芸在旁边低声说道：

"太太，饭盛出了，那么你请用饭了。"

张太太坐到桌旁去，握了筷子，在炒蛋碗内夹了一筷子吃，也不知为什么缘故，猛可地把桌子一拍，一面吐出那口蛋来，一面把那只炒蛋碗向地上啪的一声掷去，冷笑一声，怒骂道：

"你蛋里放了玻璃片，你……不是明明地要害死我吗？你活了这样的年纪，你事情是怎么样在做的？"

"婆婆，你……是我不小心的缘故，我……哪里敢故意放在里面？"

红英被她似狼似虎地这一副凶相一骂，唬得神志有些糊里糊涂地还以为这蛋里面真的有了玻璃碎片，所以灰白了脸色，她说话的声音都带有些颤抖的成分。倒是小芸很俏皮地说道：

"太太，我给你来看看吧！也许不是玻璃片，喏喏，果然不是玻璃片，是蛋壳呀！这原是我不好，这只蛋是我敲碎倒在碗内的。少奶奶，你受了冤枉，这是我小芸太该死了。"

小芸一面说，一面把张太太吐出来的蛋内拣出这小小一块蛋壳来。张太太被小芸这么一来，两颊有些发红，恨恨地白了她一眼，却还仍旧自说自话地骂了一阵。红英既然知道不是真正的玻璃碎片，从可知婆婆故意来难堪自己，她悄悄地退到自己的房里来，倒在床上忍不住呜呜咽咽地哭泣起来了。

如海当时走到床边，拍了拍她的腰肢，低低地叫了一声红英，说谁给你受了委屈，为什么伤心得这个模样。红英见如海回来，遂一骨碌翻身坐起，两手擦了擦眼皮，低低地说道：

"没有什么人来给我受委屈，你晚饭吃过了没有？"

"既然没有人给你受委屈，那你干吗伤心呢？你又不是发神经病，好好哭起来干吗？"

"唉！我心中当然有我的不如意，反正你又不常在家，怎么会知道我的苦楚？"

红英深深地叹了一口气，眼泪像雨点儿般地直滚了下来。如海见了她海棠着雨般的娇靥，倒也感觉楚楚可怜起来，遂挨近了她的身子坐下，摸出手帕来给她拭眼泪，说道：

"你有什么苦楚？你快告诉我知道吧！我是你的丈夫，你不告诉我，你还去告诉谁呢？"

"告诉了你又有什么用？说起来总怪我自己生得太命苦了。唉！还有什么可说呢？"

红英被他这么柔情蜜意地一来，一颗芳心中倒不免不觉得有些暖意了。但仔细想来，人家是母子关系，我何必在人家儿子面前说他娘亲不好呢？所以她还是没有老实地告诉他，接连地又叹了一口气。如海把手挽住了红英的脖子，却凑过脸去吻她嘴。红英嗯了一声，逗给他一个娇嗔，忽然觉得有股子深厚的烟气味，甚为难闻。这就惊奇地瞅住了他，急急地问他说道：

"如海，你……难道还在吸这个鸦片烟吗？我天天对你说的这些金玉良言，你……难道真的会把我当作耳边风吗？如海，我心中时常地想，只要你肯学上进，不到外面去荒唐，我纵然是为你受尽了一万分的委屈，我也甘心情愿的，因为我的希望是整个的在你的身上。现在你不肯把这害人的鸦片戒掉，而且天天又这样晚地回来，你想，我在这样家庭之中如何住得下去？我的前途还有什么光明的日子呢？"

红英说到这里，眼泪又像断线珍珠一般地落了下来。如海是个聪敏人，凭红英这几句话，就知道自己的母亲很不容易侍候，因为想想自己的行为，觉得红英处身在我家真的没有了一个知心人，所以一时上倒也有些懊悔自己的对她无情，遂向她说道：

"红英，你不要难过！我是很明亮的，你受了许多委屈，这也是没有办法的事情，只恨我经济上还没有独立，所以你千万要静静地忍耐，只要我有了能力，我们不是可以到外面另组小家庭吗？今天我这样迟地回来，我没有在外面游玩，你不知道克明表弟出来后生起病来了吗？所以我是在望他的人呀！"

"你的行动我根本不来管束你，因为一个做丈夫的要一个做妻子的来管教，那无论如何也管不好的。如海，只要你对我有真心的爱，你总应该为你的妻子牺牲一点儿，不过我并不是教你牺牲什么，请你牺牲一点儿游玩的工夫，来多在书本上用一点儿脑筋，那我就一百二十分地感到安慰了。"

"红英，你这些话太动听了，我句句都印在脑子里，你放心，我一定听从你的金玉良言，来努力奋斗做一个人。"

如海偎着红英的娇躯，他是非常感动的样子回答。红英这才把刚刚一点儿哀怨之气慢慢地消失了，她的心房里好像暖和了许多，虽然颊上还沾了丝丝的泪痕，但是她到底也嫣然地笑起来。过了一会儿，红英向他低低地问道：

"克明表弟病得要紧不要紧？可怜他这次一定是吃足苦头的了。"

"幸亏他早提出我爸爸的名字，否则，他这一顿毒打也起码要七荤八素地被打得半死哩！"

"那么他到底怎么会捉进去的呢！"

红英在这一个月中也知道了公公所做的事业，芳心里当然又感到了一层痛苦。但已经到了这个家，又有什么办法呢？如海听红英这样问，遂把克明被捕的经过说了一遍。红英奇怪道：

"想不到表弟也会到舞厅里去游玩，可见这种地方都是有害无益的，你现在总可以明白了，不知你以后还要到舞厅里去游玩吗？"

"我不去了，我一定不去了。"

如海摇了摇头，表示很听话的神气。正在这时，小芸端了一盘子饭菜进来，说道：

"少爷回来了吗？少奶奶，你千万不必难过，我知道你是太受一点儿委屈了，但你晚饭总要吃一点儿的，回头饿出病来，那也犯不着呀！"

"小芸，你在说些什么话呀？谁给少奶受了委屈呢？"

如海听了，当然有点儿不明白，遂向她低低地追问。小芸于是原原本本地向他告诉了一遍，表示很替少奶抱不平的意思。如海听了，也很生气地说道：

"本来你是才进门的新媳妇，也不应该把这样繁忙的家务完全压到你的身上来，妈做事情也未免太辣手一点儿了。妹妹也不用这样的尖酸，哪一个嫂嫂不是姑娘做的，看她做一辈子姑娘，永生永世不预备出嫁好了。哼！我倒有点儿不服气，和妈去评一个道理。"

"如海，你疯了吗？婆婆是长辈，就是有什么地方委屈了我，我们做小辈的也只好忍耐一些，如何可以和婆婆去评道理？这样被人家说起来，我们不是太不孝了吗？"

"哼！什么孝不孝？现在时候不是从前十八世纪的时代，无论什么也得讲一个道理，你到我家来也不是做养媳妇来的。就是你真的不好，做父母的也该看在儿子的面上，现在她这样地讨厌你，还不是明明地看不起我吗？"

如海冷笑了一声，还是怒气冲冲的样子，挣脱红英的手，表示一定要去评理的神气。红英哪里肯放走他，一面向小芸埋怨，不该把婆婆掷碗责骂的事情告诉如海，一面又向如海含了妩媚的娇笑，低低地说道：

"如海，你不要傻了，既然你知道自己的经济正不能独立，完全还需要父母来生活，那么你如何可以和父母去吵嘴呢？我明白你虽然是为了爱我的缘故，但是你不知道你若和婆婆去一吵之后，恐怕爱我反变成害我的了。因为婆婆以为我在你那儿哭诉搬嘴，她以后对我不是更要起恨心了吗？所以你假使真正爱我的话，绝不可和他们斤斤较量这些事情的，只要你用功读书，将来做一个有用的青年，那我就有出头的日子了。否则，我就是苦了一生一世，恐怕也不会有光明的前途。如海，你应该听从我的话，你就不要去评道理了。"

"难道说我去评了道理，她就把我们赶出了不成？他们自己难道不想想明白吗？既然要讨厌我们，当初何必要给我订下了这头亲事？说得透彻一点儿的话，谁叫他们把我生养出来的？生了儿子，若不管儿子的生活，或是虐待媳妇，这在法律上都是有罪的呀！"

红英听如海这几句话，她的芳心里是并没有感到一点儿喜欢的意思，她觉得有其母就怪不得有这样一个文明思想的好儿子了。她叹了一口气，只觉得无限的悲酸，虽然如海是这样帮助自己，不过她不需要如海这一种方式的帮忙，她感到自己的前途总是黑暗的成分多了。虽然她想落下泪来，但是为了怕如海误会我的意思，所以她始终还是忍熬住了悲哀的发展，向他笑道：

"好了，好了，你这种新思想新脑筋也要被人家责骂的，我劝你还是息息怒吧！饭吃过了没有？还是吃饭吧！"

"少爷，少奶这话也很不错，你也不要太随心所欲地自说自话了，你做儿子的去冲撞了母亲，做母亲的总会恨到媳妇的头上，所以你还是听从少奶的话，不必去评什么道理，反而弄出点儿什么祸水来，你还是陪了少奶大家吃饭吧！可怜少奶这几天哪里好好儿曾经吃过一顿饭？这样下去还不是要病倒了吗？"

小芸饭菜放到桌子上之后，站在旁边听他们说了一会子话后，方才插嘴也向如海这样地劝诫。如海听了，也就罢了，遂拉了红英的手，一同到桌旁坐下，温和地劝她吃饭。红英在这个时候，她总算把悲哀慢慢地消失，芳心里稍会感到有些糖味的喜悦。

如海因为在舞厅里险些闯了祸，所以他也有些害怕，况且回家后又知道红英受了这样的委屈，所以对红英不免起了一点儿爱怜之情，这样子总算很早地回家，有了半个多月的日子。

　　这天，如海早晨到学校里去，在路上竟会遇到了曼娜，曼娜好像是从旅馆里刚出来的样子，头发蓬松松的，这就笑道：

　　"曼娜，昨天夜里看你样子不大正经呀！"

　　"如海，你不要瞎三话四地冤枉好人了，这是罪过的，老实说，我除了你之外，哼！谁也看不上在我的眼睛里。"

　　"喔唷！这样说来，我还不胜荣幸之至哩！那么我要请教你，你这样早的是打从什么地方出来的？看你头发还没有梳过呢！"

　　"你知道什么？昨夜在小姊妹家里叉麻将，因为时候太晚，恐怕路上太危险，所以就索性通宵了，可是她们家里地方又小，睡也没有睡处，还不是只好天一亮就走吗？哼！你倒还要来说我，我想想你这样没有情义的人，倒叫我真是气破了肚子。你在什么地方搭上这样一个泼辣货？在这种交际场中也吃起断命醋来，这不是笑话吗？但你既然闯了祸，也不从中前来排解排解，反而一溜烟地逃走了。你这样胆子小，还亏你父亲是个有势力的人呢！我要请教你，这个泼辣货到底是你的什么人呀？"

　　曼娜说到后来，转变了话锋，向他无限怨恨地埋怨着，同时还表示十二分气愤愤的样子。如海摇了摇头，不禁微微地叹了一口气，说道：

　　"曼娜，你怎么知道我心中的苦楚？你道这个来拉开你们的男子是什么人？就是这个女人的丈夫，他是部队里的大队长，并且还是我爸爸的要好朋友。你想，万一闹了开来，给他知道我和他女人有肉体关系，这还不是一件了不得的事情吗？"

"哦！原来这个女人还是有夫之妇，啊呀！我当时真也气糊涂了，否则，我一定在她男人面前大嚷出来，也叫她脸上风光风光呢！"

"你叫她脸上风光倒还是小事，我的性命可被你要送掉哩！"

"这样说来，我幸亏没有说出来，送了你的性命，叫我还怎么能在世界上做人呢？如海，并不是我说你心肠狠，你也不应该这许多日子不来望我一次的，可怜我几乎为你想也想死了。"

曼娜迷汤的功夫倒也不错，她显出哭里带笑的样子，故意向他撒娇着说。如海被她嗲得混陶陶的，想着她那种放浪不羁的形态，他不免又情不自禁起来，遂想了一会儿说道：

"明天下午是星期六，我到米高美来望你好不好？可是你不许给人家转台子的。"

"啊呀！你也太傻了，我明天不是可以请假的吗？你要带我到什么地方，我就跟你到什么地方，绝没有一点儿不称你的心意的，你说好不好？"

如海听了她这几句话，几根骨头会根根脱节要松开来，这就附了她的耳朵低低地说了一阵。曼娜逗给他一个白眼，低头嫣然地一笑，这是默允的意思。如海好像吃了一块糖样的甜蜜，两人方才匆匆地分手，各自走开了。

第二天下午，如海想到与曼娜的约会，因为袋袋里没有钞票，所以匆匆地到上房里来，只见张太太鼓着嘴，表示很生气的样子，因为自己心中有事，也顾不到其他事情，遂向母亲要钱。张太太恨恨地说道：

144

"你只知道问我要钞票，前几天给你钞票难道都用完了吗？"

"钞票不用，藏在袋袋里做什么？现在生活程度高，单说到学校里来回两次车钿要多少钱？妈，你不要自说自话了，爸爸有这许多家产，他也没有第二个男孩子，你不给我用点儿，你难道还给外姓人去用吗？"

"胡说，你爸爸赚钞票也不是一件容易的事情，这都是汗血钱！常言道：媳妇不好，只要打儿子，我问你，红英这个媳妇，你以为她到底孝顺不孝顺？"

"妈，你说闲话不要缠七缠八缠做一堆说，红英就是有什么不好，你也不应该在儿子身上出气，算你用金钱势力来压死人。你不说倒也罢了，你今天一说，我倒要和你说一说，红英不是我家来做童养媳的，才不到两个月的时间，你就叫她管理这些上上下下的事情，这也不成是个公馆里的少奶奶，简直变成工厂间里的女工头了。妹妹为什么这样舒服，她就应该这样吃苦的吗？你还要在我面前说她不孝，她到底不孝在什么地方？你也该给我说一个明白呀！"

如海本来倒不会向张太太这样地冲撞，因为他拿不到钞票，心中又恨又急，所以情不自禁地也大吵起来。张太太原想要儿子和红英去吵一顿，谁知道如海反向自己大吵，一时气得两颊变成了灰白的脸色，顺手拿起茶杯，在地上猛可地掷去，一面哭起来，一面唠唠叨叨地说道：

"好好，你做儿子帮了媳妇来教训娘起来了，这真是讨了一个媳妇，送掉一个儿子，我做人还有什么趣味？倒不如死了干净吗？啊！天哪，儿子有什么用？总是老婆亲热呀！常言道：吃奶不亲摸奶亲！这话真是一些也不错的。"

张太太这样一哭吵，惊动了上上下下的老妈子都走进房来，连问太太什么事什么事。见了如海那种怒气冲冲的样子，知道和少爷吵闹，遂忙碌地倒茶拧手巾地劝解。如海冷笑了一声，把脚一顿，便匆匆地奔到自己新房里来了。如海到了新房里，只见红英坐在沙发上又暗暗地啜泣，小芸在旁边向她低低地劝慰。原来吃午饭的时候，红英又被张太太责骂了一顿。如海因为在母亲房里不好出气，所以一到自己房里，便把梳妆台上的茶杯、茶壶、糖缸、花瓶等都掼了一地，乒乒乓乓的声音不绝于耳。红英、小芸突然见了如海这样疯狂的神情，自然大吃了一惊，因为如海还要来掼别样东西，所以站起身子来把他抱住了。红英哭道：

"如海，你……疯了吗？你为什么这个样子？你快把东西放下了不要丢，你还是来打我的人好。"

"少爷，可怜少奶无缘无故地已经被太太骂了一顿，你也就不要再来给她受委屈了。"

小芸在旁边也哭泣起来对如海说，如海方才知道红英的伤心正是为了被母亲骂过了的缘故，想不到母亲既然骂了红英，还要在我的面前搬嘴，一时抱了红英，也不免哭了起来。红英、小芸在当初还莫名其妙，后来如海告诉了她们，红英方才明白了，既然明白了之后，她倒停止了伤心，反而安慰如海说道：

"如海，你千万不要这个样子，只要我们做小辈的自问良心，没有错待长辈，也就罢了。你不是说过吗？你是经济还不能独立的人，那么我们总应该要忍耐一点儿。如海，你这次问婆婆要铜钿不知是做什么用处去的？"

"因为我们学校里的王先生，他们要到内地去办事了。这位王先生平日和我们感情很好，我们同学大家商量好了要开一个欢送大会，还请王先生吃一顿饭，这一笔经费由我们大家分配负担，我也答应了。谁知妈为了你却不肯给我，你叫我在同学面前还有脸做人吗？"

"但不知道你要多少数目？"

红英听了，觉得这笔钱也是很正当的用途，所以倒十分同情他，遂低低地问他。如海道：

"大概要五六十万元的数目。"

"我身边还有八十万元钱，你就先拿去用了，这是我从娘家带过来的私蓄，你千万不要给旁人知道。"

"红英，你待我这样好，叫我怎么来报答你才好？"

"我们是夫妻，夫妻之间还用得了什么'报答'两个字吗？你的就是我的，我的就是你的，只要你拿了去不吸鸦片烟、不跳舞，正当的用途，当然是省不了的。"

红英向他温情蜜意地安慰，如海良心有些疼痛，含了一眶子惭愧的泪水，他便匆匆地走出房外去了。这里小芸把地上掼碎的玻璃片打扫清洁，红英对镜也梳洗了一个脸，但做晚饭的时候也已经到了。红英叹了一口气，觉得自己是做了牛马一样，只好又到厨房里去了。哪晓得这天晚上，如海却没有回家，红英等到天明才合了一会儿眼，到第二天早晨，只好去告诉张太太知道。张太太明知如海是为了和自己吵闹的缘故，但是却又晦气了红英，被她骂了一顿。这样过了一星期，如海总不见回家，张太太方才急得懊悔不迭地要相卿登报找寻。相卿埋怨张太太不该对儿子铜钿方面这样克紧，好容易在克明家里找到了如海，还是克明把他送到家里。张太太自然感激万分，一面向如海说了许多好话。如海这时却冷笑着道：

"你们反正又不把我当作儿子，看你们死后，谁来给你们抱头送终呢？"

"表哥，你也不能这样说，姑妈已经向你说了好话，这样做父母也算好的了，我劝你回房去息息吧！人家表嫂可怜为你哪一天不在伤心流泪呢？"

克明怕母子两人又要冲突起来，遂拉了他身子到房外去了。如海到了房中，红英对他少不得又肉疼又埋怨地怨恨了几句。如海笑道：

"你不要着急的，我难道真的会抛家出走吗？无非是假意吓吓他们罢了。"

"你吓吓他们，可是你也不该吓我的，为什么不对我预先说明了呢？可怜我哪一夜曾经好好儿合过眼睛？就是你自己在外面这一星期来，两颊还有一点儿血色吗？唉！这真是何苦来呢？"

"不过你的脸色也很不好，这都是我害了你的，红妹，我很对不起你，请你原谅我吧！"

"还有什么原谅不原谅？我一生的希望是全都在你的身上了，只要你不抛弃我，我也够安慰的了。"

"红英，你真是我的好妻子。"

如海感动地回答，他情不自禁地把红英抱住了，两小口子少不得又默默地亲热了一会儿。

如海出走才回家，谁知第二天克明也抛家出走了。他的出

148

走，和如海当然宗旨不同，绝不会像如海那么故意做作吓吓父母的，因为他是留了一封很长的信给父母，大意是这次被捕到司令部，见到种种惨不忍睹的情形，他觉得每一个青年若再不图奋发的话，恐怕我们四万万五千万的同胞都要做亡国奴的可能了。所以他要离开这万恶的上海，到自由区内去做一些救亡国家的工作。他走之后，可以不必登报找寻，因为当这封信送到父母的面前，他已经是不在上海的了。李太太接到这一封信之后，少不得悲悲切切地哭了好几天，倒是骏华劝慰李太太不要伤心，孩子既然有这样志气，也是好的。这消息送到红英的耳里，不免又误会了克明是为了失恋的缘故，想起如海的荒唐，更衬克明的有作为，她觉得自己的命苦，为什么不和克明早些相逢呢？因此也暗暗地伤心了几天。

光阴匆匆地过去，不知不觉的，已经到大年夜了。如海的烟瘾只有一天一天地深起来，在外面也是依然地荒唐白相。红英见他当面总是说得好好的，可是一转身就忘得一干二净，自己虽然是想尽方法去温柔他、安慰他、劝告他，可是总不能劝醒他，可见这个人已到了不可救的地步。可怜红英除了背人流泪之外，她觉得自己是难有出头的日子了。

大年夜的晚上，整个的上海本是狂欢之夜，那些舞厅没有一家不是通宵营业的，如海和柳姑是在外面忙碌，只有红英一个人在家里忙碌着事情。伯父薛秉彦差了王妈送一点儿礼品来，张太太一面招待，一面叫小芸去把少奶请来。其实红英是在厨房里烧菜，她听小芸这样报告，遂急忙回到房里，换了一件旗袍，洗脸洗手，方才到上房来见王妈。王妈见了红英，觉得小姐两颊黄瘦，和从前在家里做姑娘的时候相较，大有差别，因为张太太在跟前，不好意思问什么，直到红英招待王妈到新房里的时候，才悄悄地问道：

"小姐，你在这里情形还好吗？"

"很好，王妈，伯父母都好？还有弟弟、妹妹也好吗？"

"老爷、太太倒很健康，梅琳、志诚也很活泼，不过他们兄妹两人很记挂你罢了。小姐，你为何人儿这样瘦削？我想，你……莫非有了身孕吗？"

王妈本来要问是不是受了什么人的委屈，但不知有了怎么一个感觉之下，她到底又问出了这一句话。红英不由暗暗地叹了一口气，心中暗想：这半年来，夫妻之间除了新婚半个月里大家有了几次亲热，此后如海不知为什么却不想到和自己来亲热，自己是个大家闺秀，哪里说得出口来？不过红英心里也明白如海是在外面玩空了身子，所谓一个人精力有限，在外面爱上了别的女人，对于妻子那里当然是无暇顾及的了。此刻听王妈这样说，由不得轻轻地叹了一口气，说道：

"哪里来的身孕呢？"

"那么你该请个大夫来看看，太太倒也这么说过，明年过了正月，还是回家去玩几天吧！"

王妈觉得红英说的好像是意犹未尽，遂皱了眉尖，向她低低地劝告。红英点了点头，却并不作答。王妈坐了一会儿，也就匆匆地走了，回到家里，向薛秉彦夫妇约略吐露几句。秉彦夫妇虽然明知红英的婆家甚为不舒服，但已经出了嫁的女儿，还有什么能力可以去干涉呢？因此也只好感叹了一回。

红了樱桃，绿了芭蕉，又是长夏的季节了，这几天来上海的人民都陷入了恐怖的环境里。原因是日本人的战事很不利，和平的空气甚为浓厚，因此中国飞机天天来轰炸上海，所以警报一日数起，风声鹤唳，一班资本家都无限惊慌，倒是一班小市民阶级的同胞都喜欢得手舞足蹈，因为中国飞机愈来轰炸上海，那么离开最后胜利的日子显而易见地也自然愈加近来了。

　　张相卿最近是非常烦恼，虽然他所干的工作已经改变了方针，不过日本人是放不过他的，他想脱离上海去逍遥法外，然而事实上又不可能，所以他是担了很大的心事。谁知柳姑这几天也担了很大的心事，她为什么担心事呢？原来她和少云不断地贪着风流恩爱，她的腹部却是慢慢地高大起来了。

第九回

　　柳姑的腹部慢慢地隆高起来，她的芳心自然万分地着急，恐怕父母知道了，这叫自己拿什么话来回答才好？而且被嫂嫂也要讥笑我是一个不要脸的女子，为什么黄花闺女竟会养起孩子来了？这不是叫我没有脸再做人了吗？柳姑没有办法，当然只好和少云来商量了。

　　这天下午，柳姑书也不读，约少云在舞厅里相会。少云见柳姑到来，连忙迎接，含笑和她握了握手，说道：

　　"柳姑，我们快近一星期没有看见了，真是记挂得很。"

　　"说什么记挂不记挂的？少云，你真是害苦我了。"

　　柳姑在沙发旁坐下之后，秋波逗给他一个无限怨恨的白眼，却伤心得流下眼泪来了。少云听她这样说，自然弄得丈二和尚摸不着头脑了，遂忙在她身旁紧紧偎住了，很温情的态度，向她温存说道：

　　"柳姑，到底为了什么事情你要这样地伤心？你说呀，你说呀，难道我们的事情被你父母知道了吗？"

"爸妈倒没有知道。"

"那么谁知道了？你快告诉我呀，我被你急都急死了。"

"没有什么人知道，但我的腹部却作怪起来，这几天老是翻漾漾好如要吐的样子，可是吐又吐不出什么，只有一些清水而已，而且我的经期也有三个月不来了，你……想……这……还不叫我急死人了吗？"

柳姑方才绯红了两颊，羞人答答地向他低低地告诉了这几句话。少云这才有了一个恍然了，虽然他心头也跳跃得厉害，不过他脸上还竭力镇静了态度，向她安慰着说道：

"事情已到这样地步，着急也没有用，我们总得慢慢儿想办法才好呀！"

"慢慢儿，你真也说得太宽心了，肚子一天一天高起来，如何还能再慢下去呢？你不要说得这样轻松，反正你们男子腹部不会高起来，所以死人也无关，不过事情若闹开来，父亲一发脾气，你也是逃不过门的。"

柳姑泪眼盈盈地白了他一下，大有怨恨的表情。少云自然也急得头上会冒出汗点儿来，搓了搓手，沉吟了一会儿，方才低低地说道：

"那么你的意思，预备怎么样呢？"

"啊呀！你枉为是个男子汉大丈夫，我就是因为想不出办法，所以特地来和你商量，结果你却还来问我，我若有办法的话，还会再来和你商量吗？"

少云被她这样埋怨，自然是哑口无言，呆住了一会子后，他愁眉苦脸的神气，简直是没有办法似的。柳姑有点儿生气般地推了他一推，催他说道：

"你多少也给我说一句话，这件事情总不能完全叫我一个人着急呀！"

"我想只有差媒人来和你父母说亲，赶快地先结了婚，你说好不好？"

少云这才想出这一个主意来，柳姑想了一会儿，摇了一下头，表示不大赞成的样子。少云不懂她是什么意思，遂向她低低地问道：

"这就奇怪了，你不想和我结婚，你难道另有爱人了吗？"

"你真是死人，这个时候还和我吃起断命醋来，你说得好容易的，差人来做媒，也不是一说成功了马上可以结婚的。万一父亲说暂时先订一个婚，结婚且待明年再说，那么我这肚皮里的东西他是不会等我们结婚过后再生养下来的呀！所以这也不是一件完全的办法。况且这几天父亲心思一点儿也没有，烦恼得成天成夜地不睡觉，你夹忙头里去和他谈婚姻的事情，恐怕还要被骂一顿不识相。所以我的意思，最好是不要麻烦到父母的身上就把这件事情解决了，你说是不是？"

柳姑今天和少云来商量，在事先早有一番精密的考虑，当然对于少云说的话，她自然也想到过，为了不大妥当，所以叫少云另想法子。现在少云说的也只有这一个办法，她便摇了摇头，把不大妥当的原因向他告诉出来。少云听了，也觉得她说的很有理由，但是除了这一个办法之外，还有什么第二个方法呢？这就连连地搓手，默然无语。柳姑连连地催他，少云望了她一眼，说道：

"办法是有一个，只怕你做不到。"

"是什么办法？你且说出来让大家讨论讨论。"

"我想还是离开上海，大家一同到苏州去好不好？"

"要我苏州去？你想预备叫我抛家私奔吗？我问你，你身边带多少金条，才可以到外面去过生活？否则，人地生疏，难道你我去饿死不成？"

"那么还有一个办法，除非是打胎的了。"

少云所谓柳姑办不到的原是后面这一个办法，对于私奔的这一个条件原是陪衬而已，但柳姑却对于"打胎"这两个字，芳心之中起了动摇。一个年轻的姑娘，她能懂得了什么？以为打胎可以消灭痕迹，不会给人家有什么话柄，所以沉吟了一会儿，说道：

"打胎我也时常听人家说起过，但是不知道有没有性命关系的？"

"这是要看医生的手段高明不高明的，仁德医院里有个陆医生，和我是很要好的朋友，他有一种打胎的药，吃了马上有效。据他实验，在他手里打胎的姑娘至少有二三百个之多，没有一个不是安然地出院的。"

"既然你有这一个朋友，那你为什么不早些说出来？"

"我怕你不赞成，所以不敢向你说。如今你既然也同意的，那么我就和他去商量停妥了好不好？不过这里还有一个问题，就是打胎之后，在医院里至少要住半个月，那么你人儿无形中失了踪，你父母不是要急死了吗？"

"这个我有办法，我可以对妈这样说，我们同学们大家到杭州旅行去，说不定半个月才可回家，那不是问题解决了吗？"

柳姑眸珠一转，含笑说出这两句话来，从她这微笑的意态上看来，也可以知道她内心是轻松了许多。少云也很欢喜地放下了一块大石，拉了她的纤手，低低地说道：

"事情既然这么说定，那么在未打胎之前，我们先应该来狂欢一夜。柳姑，你能同意我这个要求吗？"

"好，我们就跳舞去吧！"

柳姑挽了他的手臂，两人便到舞厅中去跳舞了。五时茶室散后，柳姑要告别回家，少云咦了一声，望着她粉脸，说道：

"怎么你要回家了？难道你忘记我的要求是经过你的允许吗？"

"你说的什么话？我真有些听不懂。"

柳姑不了解似的，定住了乌圆的眸珠，向他怔怔地呆问。少云附了她耳朵，低低地说了一阵。柳姑心头感到一阵子热燥，红晕了粉脸，逗给他一个白眼，低低地说道：

"嗯！不，我刚才答应的是和你跳舞狂欢呀！谁晓得你转的这种念头，我不依。"

少云听她不依，在她耳边又低低地说了一阵子。柳姑听了他这一次话之后，不知怎么的呆住了一会儿，却向他嫣然地一笑，这就默不作声了。两人走出舞厅，跳上一辆三轮车，那车身便在人丛中慢慢地消失了。

柳姑回家后，和张太太说起要到杭州去旅行的话。张太太是为了爱护女儿，所以并不赞同，道：

"唉！你这孩子真也太大胆了，这几天飞机没有间断过地来

156

轰炸，人家都说火车时常出毛病，你怎么还要到杭州去白相？难道你连性命都不要了吗？这件事情我可不答应。"

"你不答应，我也要去的，半个月便马上回来好了。飞机轰炸当然有目标的，他们不会滥施轰炸的，这个你且放心好了。况且上海也不是安全地区，这几天杨树浦、南市、浦东、虹口等地不是全都遭了劫吗？就是路上吃流弹的人也很多，我若不到杭州去，假使注定要被炸死的话，我在路上也会吃弹片的，倘然命里不会死的话，到杭州去路上有如何会出毛病呢？"

张太太听女儿这样的倔强，一时倒也没有了办法。在红英面前会发脾气大骂，但在女儿的面前就会像没有气的死人一样，叹了一口气，说你不听为娘的话，那也没有办法，那么你路费多带一点儿去，万一有了什么急用，也不会发生什么为难了。柳姑听了这话，心中十分高兴，遂在张太太的身怀里依偎了一会儿，手摸着张太太的面颊，在她当然是拍马屁的意思。张太太自己也说不出所以然的，心中会感到一阵子悲酸，红了眼皮，会滚下泪水来。柳姑被母亲一哭，她也伤心起来，母女两人莫名其妙地流了一会儿眼泪，柳姑遂到房中整理东西去了。

第二天，柳姑别了张太太，她便匆匆地走出了大门，先行打电话给少云，约他在仁德医院门口碰头，告诉了和母亲经过的一回情形，两人遂匆匆地到医院里面去了。

打胎等于小产，小产倒还是在不知不觉中碰落的，但打胎是完全硬生生地用药去打下来的，所以常言道：大养虽然很伤身体，小产比大养还伤身子，那么打胎对于女子身体的损害自然是更进一层了。柳姑在打过了胎之后，两颊是白净得一点儿血色也

157

没有，而且两眼时常无缘无故会昏黑过去。在柳姑感到全身怪不舒服的时候，她才开始感到有些懊悔，觉得打胎真是一件危险的事情。

这是柳姑打了胎后的第三天，她下部的污血没有停止过，虽经医生一枚一枚的止血针注射下去，可是并无效力。这天上午十时左右，柳姑感到有点儿气喘，她正在暗暗伤心的当儿，少云匆匆地走进来。柳姑向他低低地叫了一声，说道：

"少云，你来了，我怕这次打胎竟把我性命都送了。"

"柳姑，你怎么说出这样话来呢？"

少云走到床边，只听柳姑的语气是已经脱了力，面色也比昨天更加地惨白，一时也暗暗地吃惊，但表面上还竭力镇静着态度，向她安慰着说道：

"柳姑，医生说过了，你放心，这是没有什么危险性的。"

"你看我连说话的气力都没有了，你还要来瞒骗我吗？少云，你害了我，你给我上了当。现在我孤零零地在这里，恐怕在临死的时候父母也不能再见一面的了。"

柳姑听他还要这样地来欺骗自己，她心中方才感到无限的怨恨，虽然在她是向少云大声地责骂，不过事实上她的声音是已经轻微得可怜了。少云听她这样说，一时也深深地懊悔，不该想出这个打胎的法子来，叹了一口气，流泪说道：

"柳姑，这……是我害了你，确实是我害了你，不过我哪里想得到打胎就会有这样的危险呢？柳姑，不过你别伤心，也许你还是会好起来的。"

"好起来？哼！只怕是梦想罢了。少云，你……为什么别的办法不想，竟会想出这一个办法来？唉！一个姑娘到底应该洁身自爱的，否则，我又怎么会到这样的地步？唉！母亲，我太不该了，我太不该死了，我为什么要骗你到杭州去呢？现在我要见你而不能见你，可怜我的内心是太痛苦了。妈呀！女儿不孝，叫我怎么能够对得住你老人家呢？"

柳姑对于他这空虚的安慰，当然是并不感到一些欢喜的意思，她十二分沉痛地说出了这几句话，她忍不住失声地哭起来，但在这个时候懊悔还有什么用呢？根本是再也来不及的了。少云除了默默地流泪之外，他也说不出什么话才好。柳姑望着他脸，呆住了一会儿，方才说道：

"少云，最后我向你有一个要求，就是请你给我去通知一声母亲，最好母亲到这里来望我一次，使我母女俩有一次谈话的机会。"

"这个……你不是向你母亲说到杭州旅行去了吗？如何叫我能去通知她呢？"

少云说了"这个"两字，皱了眉毛，表示有点儿为难的意思，接着向她说出了这些话。柳姑冷笑了一声，点了点头，生气地说道：

"我也知道你是不肯去通知的，但我是为你而死了，难道你就不能为我牺牲一点儿吗？你放心，母亲就是知道发了脾气，我也会劝她的，因为事情既然是我自己也同意的，这和你原没有什么相干。你说是不是？"

"柳姑，你不要生气，我就给你去通知，即使你父亲把我治罪而处了死刑，那我也甘心情愿和你做对同命鸳鸯……"

少云流着眼泪，说到这里的时候，他便颓然地走出病房外去了，谁知走不到两步路的当儿，忽然外面呜呜地拉起警报来了。柳姑虽然是很怨恨少云，但她到底还有着爱他的一片痴心，这就把他叫住了，说道：

"少云，你回来。"

"柳姑，你还有什么话要对我说吗？"

"你听那不是拉警报的声音吗？路上恐怕已经戒严了，那么你还是等警报解除了后，你再去告诉吧！"

柳姑眼泪盈盈地望着他脸儿，断断续续地说着。少云听她这样说，才显得柳姑对自己确实是那一份样儿的多情和痴心，一时想到自己不该这样不顾她生命危险地劝她去打胎，心中真是悔恨到了极点。他猛可地伏到柳姑的床边来，捧住了柳姑的脸，忍不住呜呜咽咽地哭泣起来了。柳姑被他这样一哭，心头更觉悲酸，抚着他的头发，低低地说道：

"少云，你别伤心，我知道你并没有存心要害死我，我知道你确实是爱我的，也许老天可怜我们，不会给我们两人硬生生地拆开吧！"

"柳姑，你若有了三长两短，这叫我怎么能够对得住你？你这叫我还有什么脸来做人好呢？"

"少云，生死大数，这是天注定的，所以你也不必难受，就是我不幸而死，这也是我命该如此。少云，我在此刻倒又不怨恨你了。"

"但是我虽不杀伯仁，伯仁却为我而死。柳姑，你愈是不怨恨我，也显得你愈是多情，我真的太痛心了。"

少云说到这里的时候，忽然隆隆的两声响亮，在天空中震碎了四周的寂静，接着天空中还有啪啪的声音，不绝于耳。柳姑呀了一声，她抱紧了少云的身子，吓得脸儿更呈现了灰白的神色。少云口里虽然竭力地安慰柳姑，但他的心头忐忑得也跳跃得厉害。柳姑说道：

"你听这炸弹的声音离这儿不是很近吗？我想这次轰炸，恐怕要炸到都市区里来了。"

"好，炸吧！我希望炸到我的头顶来，让我们一块儿死了，也省得我留了悲痛的痕迹。"

少云听她还关怀着炸弹落在什么地方，这就抱住了柳姑，无限悲痛地回答。哪晓得这时候天空中飞机盘旋的声音愈响，炸弹的声音愈多，同时高射炮的响声也冲破了这九霄云外了。柳姑心中一急，腹部一阵子疼痛，下面就倒起血来。柳姑连自己也不知道倒了血，她还气喘地道：

"少云，我……"

"你怎么样？你……倒血了……"

少云话还未完，忽然震天价响的一声霹雳，顿时头晕目眩，震耳欲聋，眼前好像飞沙走石，烟雾弥漫了整个的室中。但少云再仔细一看，四壁早已坍倒，自己把手在脸部上一摸，竟摸着了一手是血。少云这才知道炸弹已投中了这儿的医院，他的灵魂已飞出躯壳外面而不知去向了。他低头去望手里抱住了的柳姑，却是双目紧闭，已经气绝身死了。少云又急又痛，连连叫了两声柳姑，但柳姑却没有作答。自己要想起来，方才觉察到身上压了无数的砖瓦，尤其那条左腿上好像压着一根栋梁的木条子，因为是魂飞魄散的当儿，所以他是已失却了痛的知觉，麻木得一些都不能动弹，虽然他竭力地挣扎，但是哪里还能挣扎得脱。少云在这个时候，他是只有高声地叫着救命了。

不过在这时候喊救命还有什么用处？固然是没有人能够听得到，就是有人听见了，也不会冒了生命的危险去救他，所以他纵然是喊破了喉咙，也没有谁来理他。何况压在砖瓦下面的，又岂只有他一个人呢？

照理医院绝不会是给飞机掷炸弹的目标，不过其中当然有个道理，原来这个医院里除了特别有交谊之外，这几天内不接收病人，这是为了什么呢？外面早有传说，因为日本这次有大批受伤的军士开到，原是休养在仁德医院的，那么今天飞机所以掷下炸弹，当然是很显明的了。

等警报解除、救护车大队出发的时候，少云早已奄奄一息，所以救到医院，却是一命呜呼。想不到少云和柳姑说的话，果然会成了事实，他们是同命鸳鸯地到阴世里做夫妻去了。

柳姑死了，连尸骨都失了踪。只可怜张太太在家里真是急断了肝肠，只管祷告上苍，但愿柳姑在路上平平安安，不遭危险，可是她怎么能想得到柳姑已经是惨死在瓦砾场中了呢？

光阴匆匆，不知不觉地过了二十天。在这二十天之中，上海人民极度慌张，大家都迁居到都市区来，不过都市里也不是安全之地，说什么三大公司里都要住日本兵，说什么国际饭店都藏满了军械。谣言越多，人心越乱，世面也越加坍了下来。张太太想到柳姑到杭州之后，音信杳然，本来说定半个月可以回来，想着已经过了二十天，还不见她回上海，一时急得日夜不安，和相卿

162

说说。相卿这几天也是心乱如麻，说她自己作孽，就是死了也是活该，一面说，一面还表示无限愤慨的样子。张太太因为有苦无处诉说，所以一些怨气又要出到红英的头上来。红英因为受了无限的委屈，一时忍熬不住地回了几句嘴，张太太甚至于动手打了起来。红英觉得在这黑暗家庭中再也住不下去，所以她便愤愤地回到娘家去了。

红英回到薛公馆，两个弟妹见了她，先亲亲热热地拉住了她的手，说姊姊为什么好久不回家里来，难道是舍不得姊夫吗？一个又问这几天炸弹的声音响吗，姊姊不知吓杀吗？红英含了眼泪，只好向他们装笑脸，拉了他们的手，一个一个地亲热着。这时王妈早已报告了秉彦夫妇，薛太太含笑走出来，问道：

"红英，如海没有一同来吗？你们那边炸弹的声音可响吗？"

"伯父伯母。"

红英并不回答，坐下之后，却呆呆地出神。王妈送上了茶，望了红英一眼，低低地问她为什么一脸不高兴，难道在家里吵了嘴吗。红英竭力掩饰着，摇了摇头，说道：

"没有什么，弟弟，你们听了炸弹的声音怕吗？"

红英顺手拉过志诚的身子，她故意和志诚去搭讪着说。志诚笑了一笑，表示很勇敢的精神，说道：

"我是一点儿也不怕，你不信，可以问妹妹的。我希望上海的天空中整个地布满了我们大中国飞机，虽然把上海炸成了平地，只要日本乌龟打出了门，我们就是牺牲了性命也高兴的。姊姊，你说我这话是不是？"

"弟弟，你真是一个有志气的好男儿，姊姊很喜欢你。"

"好呀！姊姊，你为什么不喜欢我，你喜欢他吗？"

"你不要吵，我也喜欢你，两个人都喜欢。"

红英见梅琳要哭起来的样子，遂把她的身子也拉入怀内来笑着说。秉彦道：

"你们两个孩子真顽皮，姊姊才一回家，你们就这样地缠绕她，无怪你姊姊要吓得不敢回来了。"

秉彦原是说一句笑话而已，但听到红英的耳朵里，她却引起了无限的心酸，眼皮一红，几乎要盈盈泪下的样子。薛太太对于红英今日回家，心里早已猜到了几分，因为王妈平日也曾经向她吐露过几句的。现在果然见红英神色有异，遂低低地说道：

"红英，听说如海这孩子竟是吸鸦片的是不是？而且这个姑娘又是不大规矩的，在这样家庭之下，真也够你忍受的了。"

红英起初的眼泪还竭力地熬住着，现在被薛太太这样地一说，她的眼泪便大颗地滚落下来，倒把志诚、梅琳两个孩子都呆呆地怔住了，连问姊姊你为什么哭起来。秉彦道：

"红英，事情已到这个地步，你徒然伤心也是没有什么用处，还是在这里多住几天就是了。可怜你白白胖胖一个人谁知到了他们家里，会瘦得这个样子！早知道他们是个这样腐败的家庭，我也把你这头婚约解除了。但说来说去，这事情不是我手里配下的。唉！"

"伯父，你也不要说这些话了，总而言之，总是侄女生得命苦，所以会落在这种黑暗的家庭里。"

红英说着，忍不住瑟瑟索索地哭了起来。薛太太是个慈祥的人，平常也不会说话，见红英伤心，也只有在一旁陪了她落眼泪。正在这时，忽然见如海也匆匆地来了，他见了秉彦，便忙叫了一声岳父岳母。秉彦这就向他厉声地问道：

"如海，你把我女儿折磨得这个样子，你今日还有什么脸走到我家里来见我吗？你要知道我女儿也不是平庸的姑娘，她到底有了什么错处，你要给她受这样的委屈？你今日来得很好，我倒要你来给我一个回答。"

"啊！岳父，你……你且息怒，这……这……不是我给红英受的委屈呀！我刚才听了小芸告诉，说红英和我母亲吵了起来，红英一气回家来了，我听了放心不下，所以也急急地赶了来。其实我还莫名其妙，究竟是为了什么事情还不知道呢。"

如海被秉彦这一顿责骂，涨红了脸儿，因为心急慌忙的缘故，他是急得口吃的成分，向秉彦辩白着。秉彦听他这样回答，一时倒也弄得哑口无言了。如海接着又道：

"岳父，你若不相信，可以问红英自己的，我原本很同情红英，对于母亲这种无礼的态度，我也时常加以反对的。"

"那么这些事情我也不必和你多说，不过你是一个年轻有用的青年，你怎么可以吸上了鸦片呢？况且你是一个中学里的高才生，难道连这一点儿普通的常识都不知道吗？红英嫁给你，当然希望你将来做一番轰轰烈烈的事业，为国家争一点儿光荣，现在你名义上求学，实际上却在荒唐不检，我问你良心可对得住国家？可对得住你自己吗？"

如海听了他这一番话，脸上好像喝醉了酒似的，热辣辣地不禁发起烧来，赧赧然的态度，叹了一口气，说道：

"岳父，你不知道，这也都是母亲害我的，她自己喜欢吸烟，谁知道她也劝我吸烟，现在我是懊悔都来不及了。我从今以后，非得戒烟不可了。”

红英听他也不知说过多少句的立志戒烟的话，这就抬头望了他一眼，噘了噘小嘴儿，真有说不出怨恨的样子。如海偷眼见了红英的表示，心中自然也有说不出的惭愧。倒是薛太太见了如海这样可怜的意态，遂温和地说道：

“如海，你只要肯改过做人，不吸烟，不荒唐，那么你是一个很聪敏的青年，将来自然还有希望的日子。我们红英是个很贤德的姑娘，她这次回家，我知道她实在忍无可忍的了。假使她可以忍耐的话，她一定不肯给我们知道她在外面受委屈的消息，我几次三番差王妈去接她回来游玩，她总是不肯来。我想你母亲今天一定是更加蛮不讲理的，我们本当要和你母亲去评个道理，现在看在你的面上，也只好算了吧！不过你要接红英回家，除非你去戒了鸦片烟，否则我们绝不放她走的。”

“也好！岳父，那么我就决心去戒了烟片烟，然后来接红英回家好了。”

如海这次似乎下了一个决心似的，他觉得自己假使再不醒悟的话，恐怕是要到了不可挽救的地步了，于是他点了点头，很坚毅地回答。一面走到红英的身旁，一面握了红英的手，说道：

“红英，过去种种譬如昨日死，未来种种譬如今日生，我现在完全明白了，我觉得我们青年是非好好挣扎一下不可的了。红英，我走了，你好好住在家里，我去戒了烟，一定来陪你回家。”

如海说完了这几句话，不知为什么缘故，他眼泪会在眼角旁涌了上来。红英也觉得无限的悲酸，虽然有千言万语要想和如海倾吐，但结果却是一句话也说不出，望着如海身子匆匆地走出了院子，她的眼泪也在粉颊上晶莹莹地展现了。

红英在母家住了三天，这天清晨，忽然被一阵爆竹的声音，噼噼啪啪地惊醒过来，一时还以为中国军队在上海登陆，所以发生巷战，心中吃了一惊，不免忐忑地跳跃起来。幸而王妈起得早，她在门口打听了消息，笑盈盈地进来告诉，说日本兵已完全向我们中国投降了。

第十回

　　日本向我们中国投降，这是一件多么令人兴奋的消息，每个国民的脸上无不含了春风得意的笑容。不过也有少数的人们，在这八年中曾经出过一度风头的汉奸们，他们当然是像丧家之犬，哭丧了脸儿在担心他们六斤四两要搬场了。所以红英在听到了这个消息之后，她是又欢喜又担忧。欢喜的是中国得到了最后胜利，反转来说，日本是已踏入了亡国的境地，我们这些年来受了日本侮辱，今天居然可以扬眉吐气，这该是多么欣喜欲狂。然而担忧的是公公这一个万人唾骂的汉奸，一定要被碎尸万段，说不定还要来一个满门抄斩，倘然真的被社会上人士指摘起来，这当然是难逃法网。我是他们家属中的一员，那么我当然也是犯了罪恶，不过我既不做汉奸，又不做丧天良的事情，若含冤被杀的话，那不是死得太委屈了吗？其实像我这样苦命的人，死了原不足惜，而且也没有什么留恋，不过被外界说起来死得太肮脏，那不是太不名誉了吗？梅琳是和红英睡在一起的，她见红英呆然木鸡的样子，这就很奇怪地问道：

"姊姊，你听了这样兴奋的消息，你为什么一些也没有快乐的样子呀？"

"不，我不是含了笑容吗？妹妹，你们从今以后是可以重见光明了。"

红英方才含了一丝笑容，低低地回答，一面给梅琳穿上了衣服，匆匆地起床。大家先到上房里来，薛秉彦夫妇也很欢喜地说着日本之所以亡国的原因，就是为了这八年来太以残暴不仁的缘故。志诚见了红英、梅琳进房，遂笑起来嚷着道：

"姊姊，我们出头的日子到了。妹妹，我们快到学校了去吧！大家去庆祝胜利。"

梅琳点头说好，两人匆匆吃了早点，遂到学校了去。红英送他们到校，在回家的途中，只见日本军用卡车驶过的时候，有几个卖报的孩子拿西瓜皮向他们丢了上去。这些日本海军却也无可奈何，一向多么威风的皇军，今日居然也会被卖报孩子凌辱，这真是彼一时此一时，红英看了自然是不胜感慨系之。

如此匆匆过了几天，街上都贴了标语，半空中都飘扬了国旗，外滩那些路牌广告上本来是漆着日本海军在太平洋的雄姿，现在早已变成了几个大字——"抗战已胜"，这是我们在历史上一页很有纪念的光荣史。同时各条马路上纷纷地建筑彩牌楼，民众那种兴奋热烈的情绪，真是难以形容。

本来一到傍晚，马路上商店家家打烊，行人十分稀少，而且街上灯火也很难觅，入夜时分，早已变成了黑暗世界。但现在胜利后的上海，到底是大不相同了，商店的四周都是开满了仗亮的电灯，热闹非常。

这天晚上，红英、薛秉彦夫妇和两个孩子在上房里闲谈，说起胜利后的上海，秉彦很忧虑地说道：

　　"这几天国军到了上海之后，宪兵队大肆捕捉汉奸，早晨报纸上开了三百多个大汉奸的名单，张相卿当然也在其中。而且据三民青年团发表谈话，一班同志在这八年抗战内被日本残杀者，都是相卿引渡过去，他是一个最可杀的帮凶，所以除了没收他全部家产之外，恐怕和他一班关系人都得定罪。虽然诛戮汉奸，人人痛快，但我想到红英的终身，所以总希望如海能够安然无事。我今天特地打电话去寻找如海，他们回答少爷出去了，不知道这个孩子是否出外避风头去了，真叫我记挂得很。"

　　"我想他们当然比你更想得周到的，那么在胜利的一天之后，我想他们是早已预备的了。"

　　薛太太听了丈夫的话，遂想了一会儿说，表示有些安慰红英的意思。红英却并不表示一点儿难过的样子，用了正义的态度，说道："其实我倒并没有一些挂在心上，'国家'两个字，国在先家在后，那么我们应该以国家为先提。古来很多大义灭亲的事情，那么我岂能为了个人的幸福，而不顾国家的法纪呢？所以我倒希望张家被宪兵队捉了去，也给后世人知道作恶的下场。"

　　"红英这孩子的思想就与旁人不同。"

　　秉彦点了点头，表示有点儿敬爱的意思回答。这里梅琳要睡了，眼睛只管闭了下来，红英于是陪伴她到房里去睡了。有了秉彦这一番话之后，红英就一夜没有好好地入睡，左思右想地忖着，觉得如海这个人说他横行不法的行为倒也没有，虽然他父亲做了这样大的汉奸，在过去他捎了父亲的头衔到外面任意去敲诈等事，也没有发现过。只不过他一味地不学上进，只知道在外面游玩罢了。这一种青年，还没有到完全不可救的地步，因为他的本心还是很善，假使有人把他环境好好改变一下之后，他一定会步上了正规的道路。这是所谓近朱者赤、近墨者黑的一句话了。想我和他做了将近一年的夫妻，我看他倒还没有什么汉奸的思想，那么换句话说，如海本来原是一个很有希望的青年，都是家庭累害了他的。当然，一个做汉奸的父亲，他的儿子不能一定说他是有罪恶的，我既然和他做了夫妻，我少不得要拯救他一下子不可。红英当夜想定了主意，第二天起来，吃过了早点之后，就悄悄地坐车到张公馆去。不料大门已上了封条，只有后门可以进出。说也奇怪，今天回到张公馆之后，也不知是心理作用的缘故呢，也不知是事实上如此，好像一切会显现出冷清清衰败的样子。

"啊！少奶奶，你回来了吗？"

红英正在感到凄凉的当儿，忽见小芸匆匆地出来，她向红英低低地问。红英点了点头，拉了她的手，也轻声问道：

"少爷呢？他到什么地方去了？"

"少奶奶，这事情说来话长，你走了之后，家里就发生了天大的祸水哩！"

小芸偷偷地说到这里，她回眸向四周望了一下，似乎怕被什么人听见似的，一面又把红英拉到房中来，方才说道：

"自从胜利之后，我们老爷就躲在家里没有到外面去，天天愁眉苦脸，好像有什么心事的样子。我到底年轻不懂事，所以一点儿也不知道，还是车夫阿五对我说明白了，方才知道老爷平日是做了汉奸的事情。家里的用人，大家都怕连累，所以一个一个地都走了，只有我因为家里没有人，所以只好留在这里等死。少奶奶，我还有一件事情没有告诉你哩！我们小姐不是说到杭州去的吗？可是真奇怪得很，这次仁德医院被炸，我们小姐的尸首却在那边发现了，这也是老爷手下一个人来报告的。当时太太哭得死去活来，谁知不到几天，日本就投降了，因此太太在几重悲痛之下，她也恹恹地生起病来。现在老爷是已经化装了和尚逃走了，少爷他是老早戒烟去了，因为日本投降，他也知道老爷犯了杀身大罪，所以他就住在戒烟院里没有回家，叫我告诉少奶奶，你可以到克伦戒烟院去找他的。少奶奶，昨天我真急死了，来了不知多少的宪兵，个个武装，他们把我们整个公馆都搜抄一个仔细，太太一急之下，几乎昏了过去。宪兵们见我们一个小丫头、一个生病人，所以也问不出什么头绪来，把大门上了封条，就走了。少奶奶，你想急人不急人呢？"

红英听她一会儿说东，一会儿说西地说了一大套，一时才把那颗焦急的芳心定了下来，暗想：如海趁此住到医院里去戒烟，这倒也是一个好办法。因为听说张太太生了病，虽然她和自己仿佛冤家一样，不过自己总得尽媳妇的孝道，既然到了家里，当然应该到上房里去探望她一次的，这就和小芸走到上房，只见张太太骨瘦如柴地躺在床上。红英走到床边，向她低低地叫了一声婆婆。张太太做梦也想不到红英还会来看望自己，心里在无限惭愧之下更感到莫名的悲酸，这就忍不住呜呜咽咽地哭泣起来了。红英被她一哭，眼泪也落下了来，遂低低地说道：

"婆婆，你不要伤心，事情已到了这个地步，徒然伤心还有什么用呢？想不到一个月不到没有见你，你竟会病得这个样子。大夫看过了没有呢？"

"红英，你太好了，我做婆婆的太委屈了你，想我家遭了这样惨变，这也许我作恶的报应吧！唉！我这一家，逃的逃，死的死，病的病，这……这……叫我如何不要痛哭呢？好媳妇！我明白了，你是一个贤德的媳妇，可是我明白已经是来不及的了。"张太太无限惨痛地回答，她的眼泪是滚滚地落了下来。红英因为她向自己一味地认错赔不是，因此反而叫自己说不上什么话来，遂向小芸问可曾请医生看过没有。小芸道：

"在当初原是天天请医生诊治的，后来老爷逃走，家里有谁来照顾呢？所以这一星期来就没有看过医生。"

"我看婆婆病得十分沉重，若不请医诊治的话，这病当然不会好起来，所以我此刻请医生去，顺便去望望少爷，你在这里好生服侍婆婆吧！"

小芸知道少奶奶会来照顾我们，她倒又放下心来，遂一面答应，一面送着红英出房。红英先到丁百良大夫那里挂了号，然后坐车到克伦戒烟院里去望如海。这真是出乎意料之外的事情，在医院的大门口，忽然见四五个宪兵捉着一个少年走出。红英定睛一望，这个少年不是别人，却是自己的丈夫如海，芳心里这一疼痛，好像是有刀在割一般，她情不自禁猛可地奔了上去，抱住了如海，哭泣起来了。如海想不到在医院门口会遇见了红英，他也哭了起来，说道：

"红英，你来得正好，假使你再迟一步到来的话，我们也许是永远没有见面的日子了。"

173

"如海，你爸爸是个汉奸，但你犯了什么罪呢？唉！难道你……也要被你爸爸连累在内吗？"

一个宪兵在旁边听了，遂冷笑了一声，把他们拖开了，告诉道：

"你的父亲张相卿乔装和尚想逃走了，可是整个中国，没有一个人民不痛恨着汉奸呢！所以他逃到天边去也是没有用的，现在早已也在苏州捉住了。你是他的儿子，你是汉奸的下代，你父亲不知害死了多少有作为的青年，杀了你们父子两人算得了什么稀奇？走开，走开！快点儿走吧！"

"话虽不错，但是我没有害死一个人。唉！天啊！我为什么要做汉奸的儿子？我为什么要做汉奸的儿子？"

如海一面说，一面不禁捶胸大哭起来。红英的心是碎了，肠也断了，她抱住了如海不放，向几个宪兵求着道：

"请你们发发慈悲心，给我们再说几句话，我想你们虽然是奉公守法，但到底总有些同情心吧！"

"好，你们说吧！给你们十五分钟的谈话。"

另外一个宪兵听红英说得可怜，遂点头答应了。这里如海无限惨痛的神情握住了红英的手，流泪说道：

"红英，你是一个有思想的姑娘，同时你也是一个爱国的好女儿，我知道你嫁给我完全是委屈的、不相配的。唉！这都是买卖式的婚姻害苦了你，害你嫁了一个做汉奸的儿子做妻子。唉！天哪！你也太残忍了，我觉得我们在这一年之中，你是对我这样的多情贤德，不过我却对你这样的不忠又不义，今日我之被捕，在我本身而说，实在是罪有应得，不过为你终身问题设想，我真为你要痛哭起来了。不过事情已到这个地步，我纵然对你说这些废话也是没有什么用处。红英，我绝不是一个自私的人，所以我在临死之前，要向你说几句实心眼儿的话，好在如今不是十八世纪的时代，所以你不必要受那旧礼教的拘束，你应该为你终身幸福着想，只管去另外嫁人。红英，我对你要说的话已经没有了，好吧！兄弟们，请带我走吧！"

如海说到这里，他不愿在这街上再耽搁下去，他别转了身子，和几个宪兵说了这一句话，他先表示开步要走的意思。红英一面哭一面拉住了他身子，说道：

"如海，你放心，我绝不会像你爸爸一样去改变了黄帝子孙固有的意志和思想。"

如海挣脱了她的手，心痛得像被摘下一般地滚下眼泪来了。红英泪眼模糊地瞧着如海被他们押上了军用汽车，汽车是毫无感情般地开着走了，红英的眼前一阵昏黑，她是跌倒在人行道上了。

张太太知道了丈夫、儿子被捕的消息，这仿佛是一道催命符，当然在不到一个星期之内，也与世长逝了。红英给她料理后事，小芸因为无处安身，红英遂把她带回到薛家去。薛太太劝红英不要伤心，好在年纪尚轻，将来还有光明的日子。红英听了，也只有苦笑而已。其实她已经打定了主意，所以不到一个月，她是投入修道院里去修道了。

这是一个寒冬的季节了，外面刮着西北风，人们都叫着寒冷，红英有了多日未到薛家去探望了，所以她乘了电车到薛家去。谁知在车厢里遇见了一个身穿军装服的少年，两人在互相呆望了一会儿之后，大家都不禁呀了一声叫起来。原来这个少年不是别人，却是李克明。克明想不到红英会这样打扮，全身黑服，头戴白色滚边的黑纱帽子，胸口挂了一个十字架。这就先招呼道：

"红英，你……你……怎么会弄成这个样子？"

"不必问了，你当然也知道了张家的结局。你什么时候回到上海来的？我还没有向你庆祝，你到底是踏上了成功的大道。"

"不过你是一个年轻的姑娘，你为什么要有这样消极的思想？你难道不想再为国家来出一份力量吗？要知道我国虽然是得到了最后的胜利，但还需要许多青年男女共同来建设新的中国呀！"

克明说到这里的时候，电车已经开到南京路外滩了。乘客都纷纷地下车，红英回头望到车窗外面，遂指了指那块路牌广告上的标语，笑道：

"你看，抗战已胜，这八年来的苦斗精神，是足以奠定了我们复兴中国的基础。表弟，这些责任是都在你们的身上，我想你们一定也会创造一个很强盛的新中国。这是车站尽头了，我们都可以下去了。"

红英一面说，一面和克明跳下电车。在克明的心中，至少还有点儿依恋之情，但红英却毫无留恋地向他一点头，说声再见，就匆匆地走了。克明站在车站上，眼望着红英的身子渐渐地在人丛内消失了，他心里真有无限的感触。天空中是暗沉沉的，在西北风呼呼声中，好像是飘飞起雪花来了。克明心中暗自思忖着，这雪花正象征着红英的身世，她是孤零零地在飘飞，也不知飞到何处才是她的归宿。唉！在这残酷的旧礼教下，硬生生地牺牲了一个聪明美丽的姑娘，她是永远地见不到光明了，她是在寂寞的世界上永远地受着凄凉的滋味了。克明心中是多么的悲酸，他的脑海里浮上了过去和她相识的一幕，他被一阵情感冲动，他的眼皮也会红润起来。就在他如醉如痴的当儿，忽然隆隆的一阵飞机在头顶上飞过的声音，把他惊醒过原有的知觉来，他这才振作了一下颓丧的精神，放开了步子，向他应走的那条目的地前进了。

附　　录

从鸳鸯蝴蝶派谈到冯玉奇小说

裴效维

《民国通俗小说典藏文库·冯玉奇卷》将收录冯玉奇的百余种小说作品，此举极其不易。现在，我愿以这篇文章给出版者呐喊助威。尽管我人微言轻，但我毕竟是一个中国文学的研究者，为鸳鸯蝴蝶派说些公道话是我的责任。

冯玉奇是一位鸳鸯蝴蝶派作家，因此我们要想了解冯玉奇，必须首先厘清有关鸳鸯蝴蝶派的一些问题。

一、何谓鸳鸯蝴蝶派

鸳鸯蝴蝶派作家平襟亚在《关于鸳鸯蝴蝶派》（署名宁远）一文中对鸳鸯蝴蝶派的来历说得很清楚：

> 鸳鸯蝴蝶派的名称是由群众起出来的，因为那些作品中常写爱情故事，离不开"卅六鸳鸯同命鸟，一双蝴

蝶可怜虫"的范围，因而公赠了这个佳名。

——载香港《大公报》1960 年 7 月 20 日

可见鸳鸯蝴蝶派并不是一个有组织有宗旨的小说流派，而是因为当时流行的言情小说多写一对对恋人或夫妻如同鸳鸯蝴蝶般相亲相爱，形影不离，因而民间用鸳鸯蝴蝶小说来比喻这种言情小说，那么这种言情小说的作家群当然也就是鸳鸯蝴蝶派了。这种说法应该是可信的，因为民间常用鸳鸯和蝴蝶来比喻恋人或夫妻，很多民间文学作品中不乏其例。这一比喻非常形象生动，但并无褒贬之意，因此不胫而走。

传到新文学家那里，便加以利用，并赋予贬义，作为贬低对手的武器。但新文学家对鸳鸯蝴蝶派的界定并不一致，大致有两种看法。

一种看法认同民间的比喻说法，即将鸳鸯蝴蝶派小说局限为通俗小说中的言情小说，将鸳鸯蝴蝶派局限为言情小说作家群。鲁迅是这种看法的代表，他在 1922 年所写的《所谓"国学"》一文中说："洋场上的文豪又作了几篇鸳鸯蝴蝶派体小说出版"，其内容无非是"'卿卿我我''蝴蝶鸳鸯'"（载《晨报副刊》1922年 10 月 4 日）。又于 1931 年 8 月 12 日在社会科学研究会做了《上海文艺之一瞥》的长篇演讲，其中对鸳鸯蝴蝶派小说更做了形象而精辟的概括：

这时新的才子＋佳人小说便又流行起来，但佳人已

182

是良家女子了，和才子相悦相恋，分拆不开，柳阴花下，像一对蝴蝶、一双鸳鸯一样。

——连载于《文艺新闻》第 20、21 期

此外，周作人、钱玄同也持这种看法。周作人于 1918 年 4 月 19 日在北京大学文科研究所小说研究会做《日本近三十年小说之发达》的演讲中，就说现代中国小说"还有《玉梨魂》派的鸳鸯蝴蝶体"（载《新青年》第 5 卷第 1 号）。次年 2 月，周作人又发表《中国小说里的男女问题》（署名仲密）一文，认为"近时流行的《玉梨魂》，虽文章很是肉麻，（却）为鸳鸯蝴蝶派小说的鼻祖"（载《每周评论》第 5 卷第 7 号）。与周作人差不多同时，钱玄同在 1919 年 1 月 9 日所写的《"黑幕"书》一文中也说："人人皆知'黑幕'书为一种不正当之书籍，其实与'黑幕'同类之书籍正复不少，如《艳情尺牍》《香闺韵语》及'鸳鸯蝴蝶派小说'等等皆是。"（载《新青年》第 6 卷第 1 号）这种看法后来被人称之为"狭义的鸳鸯蝴蝶派"看法。

另一种看法却将鸳鸯蝴蝶派无限扩大，认为民国年间新文学派之外的所有通俗小说作家都是鸳鸯蝴蝶派，他们的所有通俗小说都是鸳鸯蝴蝶派小说。这种看法的代表人物是瞿秋白和茅盾。瞿秋白从小说的内容方面来扩大鸳鸯蝴蝶派小说的范围，他在《财神还是反财神》一文中说，"什么武侠，什么神怪，什么侦探，什么言情，什么历史，什么家庭"小说，都是鸳鸯蝴蝶派小说（见人民文学出版社 1953 年 10 月版《瞿秋白文集》）。茅盾则

从小说的形式方面来扩大鸳鸯蝴蝶派小说的范围，他在《自然主义与中国现代小说》一文中认定鸳鸯蝴蝶派小说包括"旧式章回体的长篇小说""不分章回的旧式小说""中西合璧的旧式小说""文言白话都有"的短篇小说（载1922年7月《小说月报》第13卷第7号）。这种看法后来被人称之为"广义的鸳鸯蝴蝶派"看法，而且逐渐成为主流看法，以致后来的文学研究者都接受了这种看法。

　　新文学家不仅在鸳鸯蝴蝶派的界定问题上分成了两派，而且在鸳鸯蝴蝶派的名称上也花样百出。如罗家伦因为徐枕亚等人好用四六句的文言写小说，便称其为"滥调四六派"（见署名志希的《今日中国之小说界》，载1919年《新潮》第1卷第1号），但无人响应。郑振铎因为《礼拜六》杂志为鸳鸯蝴蝶派的主要刊物之一，便称其为"礼拜六派"（见署名西谛的《新文学观的建设》一文，载1922年5月21日《文学旬刊》第38号）。这一说法得到了周作人、茅盾、瞿秋白、朱自清、阿英、冯至、楼适夷等人的响应，纷纷采用，以致使用频率越来越高，知名度越来越大，终于成为鸳鸯蝴蝶派的别称了。于是"鸳鸯蝴蝶派"和"礼拜六派"两个名称便被新文学家所滥用。如郑振铎在《新文学观的建设》一文中称"礼拜六派"，而在《〈文学论争集〉导言》一文中却称"鸳鸯蝴蝶派"（见上海良友图书公司1935年10月出版的《新文学大系·文学论争集》卷首）。还有人在同一篇文章里既称鸳鸯蝴蝶派，又称礼拜六派。如阿英在1932年所写的《上海事变与鸳鸯蝴蝶派文艺》一文中说：张恨水的所谓"国难小说"，与"礼拜六派的作品一样，是鸳鸯蝴蝶派的一体"，"充分地说明了鸳鸯蝴蝶派的作家的本色而已"（见上海合众书店1933 年 6 月出版的《现代中国文学论》）。

茅盾在 20 世纪 70 年代觉得统称鸳鸯蝴蝶派或礼拜六派都不合适，于是提出了一个折中的看法，他在《紧张而复杂的生活、学习与斗争（上）——回忆录（四)》中说：

> 我以为在"五四"以前，"鸳鸯蝴蝶派"这名称对这一派人是适用的。……但在"五四"以后，这一派中有不少人也来"赶潮流"了，他们不再老是某生某女，而居然写家庭冲突，甚至写劳动人民的悲惨生活了，因此，如果用他们那一派最老的刊物《礼拜六》来称呼他们，较为合式。

——载 1979 年 8 月《新文学史料》第 4 辑

事实是该派在"五四"前后没有根本变化，都是既写言情小说，又写其他小说，将其人为地腰斩为两段，既显得武断，又无法掩盖当时的混乱看法。

这些混乱的看法导致后来的文学研究者无所适从：或沿用"鸳鸯蝴蝶派"的说法（如北大本《中国文学史》和《中国小说史稿》、复旦本《中国文学史》和《中国近代文学史稿》等）；或沿用"礼拜六派"的说法（如山东师院本《中国现代文学史》等）；或干脆别出心裁地称之为"鸳鸯蝴蝶—礼拜六派"（见汤哲声《鸳鸯蝴蝶—礼拜六小说观念的价值取向及其评价》，载《苏

185

州大学学报》1992年第2期）。这可真算是中国小说史上的一出有趣的滑稽戏了。

二、如何评价鸳鸯蝴蝶派

鸳鸯蝴蝶派的开山作品是1900年陈蝶仙的言情小说《泪珠缘》，因此鸳鸯蝴蝶派应该是指言情小说派，这也就是后来的所谓"狭义的鸳鸯蝴蝶派"，但被新文学家扩大为"广义的鸳鸯蝴蝶派"，实际上也就是民国通俗小说派。

鸳鸯蝴蝶派与同时期的"南社"不同，既没有组织，也没有纲领，而是一个在思想倾向和艺术风格上大体相同或相近的小说流派，连"鸳鸯蝴蝶派"这一招牌也是别人强加给它的。然而客观地说，鸳鸯蝴蝶派确实是一个产生过巨大影响的小说流派。在"五四"以前的近二十年间，它几乎独占了中国文坛；在"五四"以后的三十年间，虽然产生了新文学，但新文学只是表面上风光，而鸳鸯蝴蝶派却一派兴旺发达景象。我对"广义的鸳鸯蝴蝶派"做过不完全的统计：该派作家达数百人，较著名者有一百余人，所办刊物、小报和大报副刊仅在上海就有三百四十种，所著中长篇小说两千多种，至于短篇小说、笔记等更难以计数。在此前的中国文学史上，还没有哪个文学流派有过如此宏大的规模，产生过如此巨大的影响。

鸳鸯蝴蝶派由于规模宏大，又处在历史的一个巨变时期，其成员的确鱼龙混杂，其作品也良莠不齐，但总体来说，它形象地记录了中国二十世纪前五十年的历史，为中国读者提供了丰富的精神食粮，对中国小说的传承起过积极作用，因此应该给予充分的肯定。

鸳鸯蝴蝶派小说已经不是中国传统通俗小说的复制，而是一种改良的通俗小说。在形式方面，它既采用章回体，也采用非章回体，甚至采用了西洋小说的日记体、书信体等，至于侦探小说则更是完全模仿自西洋小说。在艺术手法方面，受西洋小说的影响非常明显，如增加了人物形象和景物描写，结构与叙事方式也趋于多样化，单线和复线结构并用，第三人称和第一人称叙述法兼施，还采用了倒叙法和补叙法。在内容方面，鸳鸯蝴蝶派小说已经扩大了描写范围，反映了当时社会生活的各个方面，甚至已经紧跟时事，及时反映当前的社会现实，被称为"时事小说"。如李涵秋的《广陵潮》描写辛亥革命，而他的《战地莺花录》则描写五四运动，这种及时反映当时发生的重大政治事件的小说，与多写历史故事的古代小说完全不同，显然是一大进步。鸳鸯蝴蝶派的言情小说，也不同于古代的才子佳人小说，而是一种新才子佳人小说。古代的才子佳人小说因面对森严的封建礼教，只能写才子与佳人偶尔一见钟情，以眉目传情或诗书传情的方式进行交流，最后皆是有情人终成眷属的大团圆结局。而这种大团圆结局完全是人为的：或出于巧合，或由于才子金榜题名，皇帝御赐完婚，这就完全回避了封建包办婚姻的问题。而民国年间的封建礼教已经在一定程度上松绑，尤其像上海、北京等大城市得风气之先，恋爱自由和婚姻自主思想已经渐入人心。因此有些鸳鸯蝴蝶派的言情小说也突破了古代才子佳人小说的窠臼，才子佳人已经敢于"相悦相恋，分拆不开，柳阴花下，像一对蝴蝶、一双鸳

鸯一样"。其结局也不再全是有情人终成眷属的大团圆，而是
"有时因为严亲，或者因为薄命，也竟至于偶见悲剧的结局……
这实在不能不说是一个大进步"（鲁迅《上海文艺之一瞥》，连载
于1931年7月27日、8月3日《文艺新闻》第20、21期）。言
情小说由大团圆结局到悲剧结局的确是一个大进步，因为前者是
回避封建包办婚姻礼制，而后者是控诉封建包办婚姻礼制。而这
一进步的开创者是曹雪芹和高鹗，他们在《红楼梦》里所写的婚
姻差不多都是悲剧。因此胡适称赞《红楼梦》不仅把一个个人物
"都写作悲剧的下场"，而且最后"作一个大悲剧的结束，打破了
中国小说的团圆迷信"（《〈红楼梦〉考证》，见1923年亚东图书
馆版《胡适文存》）。可见鸳鸯蝴蝶派的言情小说在一定程度上继
承了《红楼梦》开创的爱情婚姻悲剧模式，因而具有相当的反封
建意义。我们可以徐枕亚的《玉梨魂》为例加以说明，因为该小
说被新文学家指为鸳鸯蝴蝶派的代表性作品。

　　《玉梨魂》的故事很简单——清末宣统年间，小学教员何梦
霞与年轻寡妇白梨影相爱，但两人均认为他们的这种行为是不道
德的。为了得到感情的解脱，白梨影想出个"移花接木"的办
法，即撮合何梦霞与自己的小姑崔筠倩订了婚。然而何梦霞既不
能移情于崔筠倩，白梨影也无法忘情于何梦霞，结果造成了一连
串的悲剧——白梨影在爱情与道德的激烈冲突下郁郁而死；崔筠
倩因得不到何梦霞之爱而离开了人世；白梨影的公公因感伤女
儿、儿媳之死而一病身亡；白梨影的十岁儿子鹏郎成了孤儿。何
梦霞为排遣苦闷，先赴日本留学，继又回国参加了辛亥武昌起义
（即辛亥革命），壮烈牺牲。

《玉梨魂》不仅描写了一个爱情婚姻悲剧，而且不同于一般的爱情婚姻悲剧。一般的爱情婚姻悲剧都是由封建势力造成的，即由包办婚姻造成的；而《玉梨魂》所写的爱情婚姻悲剧，其原因却是何梦霞和白梨影自身的封建道德。他们既渴望获得恋爱自由和婚姻自主的权利，又不能摆脱封建道德和封建礼教的束缚，两者激烈冲突，造成三死一孤的惨剧。从而揭露了封建道德和封建礼教的影响力是多么巨大，它已深入人们的骨髓，使其不能自拔。因此，它的反封建意义比一般的爱情婚姻悲剧更为深刻。

　　其实，新文学阵营也不是铁板一块，虽然大多数新文学家对鸳鸯蝴蝶派全盘否定，但也有少数新文学家态度比较客观，他们对鸳鸯蝴蝶派也给予一定的肯定。鲁迅是其中最突出的一位，他不仅认为某些鸳鸯蝴蝶派的悲剧言情小说是"一大进步"，而且不同意某些新文学家对鸳鸯蝴蝶派消极影响的夸大其词。他说：

　　　　至于说他流毒中国的青年，那似乎是过虑。倘有人能为这类小说所害，则即使没有这类东西也还是废物，无从挽救的。与社会，尤其不相干，气类相同的鼓词和唱本，国内非常多，品格也相像，所以这些作品也再不能"火上添油"，使中国人堕落得更厉害了。

　　　　　　　　——《关于〈小说世界〉》，载《晨报副刊》
　　　　　　　　1923 年 1 月 15 日

这种客观的观点与前述周作人无限夸大鸳鸯蝴蝶派作品能使国民生活陷入"完全动物的状态"乃至"非动物的状态"的观点形成了鲜明对比。当抗日战争爆发后，鲁迅更提倡文学界的抗日统一战线，主张团结鸳鸯蝴蝶派一起抗日。他说：

> 我以为文艺家在抗日问题上的联合是无条件的，只要他不是汉奸，愿意或赞成抗日，则不论叫哥哥妹妹，之乎者也，或鸳鸯蝴蝶都无妨。但在文学问题上我们仍可以互相批判。

——《答徐懋庸并关于抗日统一战线问题》，
载《作家》月刊第 1 卷第 5 期

鲁迅不仅提倡团结鸳鸯蝴蝶派一起抗日，而且主张新文学派与鸳鸯蝴蝶派在文学问题上"互相批判"，这种平等对待鸳鸯蝴蝶派的度量，也与那些视鸳鸯蝴蝶派如寇仇，必欲置诸死地而后快的新文学家形成了鲜明对比。

对鸳鸯蝴蝶派给予肯定的不只鲁迅，还有朱自清和茅盾。朱自清认为供人娱乐是中国传统小说的特点，因此不赞成将"消遣"作为罪状来批判鸳鸯蝴蝶派小说。他说：

> 在中国文学的传统里，小说……更是小道中的小道，就因为是消遣的，不严肃。不严肃也就是不正经，小说通常称为"闲书"，不是正经书。……鸳鸯蝴蝶派

的小说意在供人们茶余酒后的消遣，倒是中国小说的正宗。

——《论严肃》，载《中国作家》创刊号

茅盾也承认鸳鸯蝴蝶派小说也"写家庭冲突，甚至写劳动人民的悲惨生活"。他还从艺术性方面对鸳鸯蝴蝶派小说给予一定肯定。他认为鸳鸯蝴蝶派的有些长篇小说"采用西洋小说的布局法"，如倒叙法、补叙法，以及人物出场免去套语、故事叙述"戛然收住"等等，这一切是对"旧章回体小说布局法的革命"。还认为鸳鸯蝴蝶派的有些短篇小说学习了西洋短篇小说"截取一段人生来描写，而人生的全体因之以见"的方法："叙述一段人事，可以无头无尾；出场一个人物，可以不细叙家世；书中人物可以只有一人；书中情节可以简至只是一段回忆。……能够学到这一层的，比起一头死钻在旧章回体小说的圈子里的人，自然要高出几倍。"（《自然主义与中国现代小说》，载1922年7月10日《小说月报》第13卷第7号）

鲁迅、朱自清、茅盾毕竟属于新文学派，因此他们对鸳鸯蝴蝶派的肯定是有限的。我们应该摆脱成见与束缚，从中国文学史的角度，对鸳鸯蝴蝶派做出客观公正的评价。

三、如何看待冯玉奇的小说

我们澄清了以上有关鸳鸯蝴蝶派的三个问题，等于为介绍冯玉奇的小说提供了一个坐标，也等于为读者提供了一把参照标尺。读者用这把标尺，就可自行评判冯玉奇的小说了。

冯玉奇于 1918 年左右生于浙江慈溪，笔名左明生、海上先觉楼、先觉楼，曾署名慈水冯玉奇、四明冯玉奇、海上冯玉奇。据说他毕业于浙江大学（一说复旦大学）。1937 年九一八事变后寄居上海，感山河破碎，国事蜩螗，开始写作小说以抒怀。其处女作为《解语花》，由上海春明书店出版。出版后旋即由东方书场改编为同名话剧，演出后轰动一时。那时他才十九岁。由此一发而不可收，至 1949 年 7 月《花落谁家》出版，在短短十来年时间里，他创作的小说竟达一百九十多种，平均每年近二十种，总篇幅应该不少于三千万字，只能用"神速"来形容。这时他只有三十一岁。近现代文学史料专家魏绍昌先生（已去世）所编《鸳鸯蝴蝶派研究资料（史料部分）》（上海文艺出版社 1962 年10 月出版）开列的《冯玉奇作品》目录只有一百七十二种，也有遗珠之憾。不过我们从这一目录中仍可确定冯玉奇是一位以写言情小说为主的通俗小说作家，因为在一百七十二种小说中，言情小说占有一百二十二种，其他小说只有五十种：社会小说三十四种、武侠小说十四种、侦探小说两种。

冯玉奇不仅是一位写作神速且极为多产的通俗小说作家，还是一位热心的剧作家和剧务工作者。早在他二十六岁（1944 年）时，就担任了越剧名伶袁雪芬的雪声剧团的剧务，并为之创作了《雁南归》《红粉金戈》《太平天国》《有情人》《孝女复仇》五大剧本，演出效果全都甚佳。在他二十七到二十八岁（1945 ~1946）时，又与他人合作，前后为全香剧团和天红剧团编导了

《小妹妹》《遗产恨》《飘零泪》《义薄云天》《流亡曲》等二十多个剧本，演出效果同样甚佳。可见冯玉奇至少写过十几个剧本。

冯玉奇一生所写的小说和剧本总计不下两百五十种，总篇幅可能达到四千万字以上，是名副其实的"著作等身"，是当之无愧的中国最多产的作家，号称多产的同派小说家张恨水也难望其项背。当时的文学作品已是一种特殊商品，冯玉奇的小说如此畅销，其剧本演出又如此轰动，这足可以证明其受人欢迎，这就是读者和观众对冯玉奇的评价，它比专家的评价更为准确，也更为重要。遗憾的是，我们无法看到他的剧作和三十岁以后的作品，也不知其晚景如何，卒于何年。

从冯玉奇的生活年代和创作时段来看，他显然是鸳鸯蝴蝶派的后起之秀，所以尽管他作品如此之多，影响如此之大，而同派的老前辈却很少提到他，这也是"文人相轻"的表现之一。

按说要介绍冯玉奇的小说，应该将其全部小说阅读一遍，但我没有这么多时间，也没有这么大精力，因而只向中国文史出版社借阅了《舞宫春艳》《小红楼》《百合花开》三种，全都是言情小说。因此我只能以这三种言情小说为例加以介绍，这可能会犯以偏概全的错误，因此只能供读者参考。

《舞宫春艳》写了两个纠缠在一起的爱情婚姻悲剧故事：苏州富家子秦可玉自幼与邻居豆腐坊之女李慧娟相恋，由于门第悬殊，秦可玉被其父禁锢，二人难圆成婚之梦。不幸李慧娟生下了一个私生女鹃儿，只好遗弃，自己则郁郁而死。鹃儿被无赖李三子收养，长大后卖到上海做伴舞女郎，改名卷耳。中学生唐小棣先是爱上了姑夫秦可玉家的婢女叶小红，不料叶小红失踪，于是移情于卷耳，但无钱为卷耳赎身，两人感到婚姻无望，于是双双吞鸦片自尽。

《小红楼》的故事紧接《舞宫春艳》：曾经被唐小棣爱过的叶小红的失踪，原来也是被无赖李三子拐卖为伴舞女郎，小棣、卷耳自杀后，小红才被救了回来，并被秦可玉认为义女。经苏雨田介绍，与辛石秋相识相恋而订婚。同时石秋的姨表妹巢爱吾也爱石秋，但石秋既与小红订婚在先，便毅然与小红结婚。爱吾为了摆脱难堪的地位，离家出走，下落不明。石秋奉父命赴北平探望二哥雁秋，在火车站被人诬陷私带军火，被军人押到司令部。可巧爱吾此时已成为张司令的干女儿兼秘书，便设法救了石秋一命。但张司令强迫石秋与爱吾结婚，二人既不敢违命，又固守道德，便以假夫妻应付。后来石秋回到家里，终于与小红团聚。

《百合花开》写了两个紧密相关的爱情婚姻故事：二十岁的寡妇花如兰同时被四十二岁的教育家盖季常和十八岁的革命青年盖雨龙叔侄俩所爱，而盖季常的十六岁侄女盖云仙又同时被三十六岁的银行家杨如仁和十九岁的革命青年杨梦花父子俩所爱。经过许多曲折后，终于两位长辈让步，盖雨龙与花如兰、杨梦花与盖云仙同场结婚。

由以上简单介绍可知，冯玉奇的这三种小说共写了五个爱情婚姻故事，其中两个是悲剧结局，三个是有情人终成眷属。这正如鲁迅所说："有时因为严亲，或者因为薄命，也竟至于偶见悲剧的结局……这实在不能不说是一个大进步。"其次，这三种小说的五个爱情婚姻故事，倒有四个是三角爱情婚姻故事，但它们的情况并不雷同。唐小棣、叶小红、卷耳的三角恋是一男爱二女，辛石秋、叶小红、巢爱吾的三角恋是两女爱一男，而盖季常、盖雨龙、花如兰和杨如仁、杨梦花、盖云仙的三角恋更为异想天开，竟然都是两辈嫡亲男人（叔侄、父子）同爱一个女子。可见冯玉奇极有编故事的才能，从而使作品更具吸引力和娱乐性。又次，这三种言情小说的描写极为干净，没有任何色情描写。除了秦可玉与李慧娟有私生女外，其他人都非礼勿言，非礼勿行。如辛石秋与叶小红因婚礼当天石秋之母去世，为了守孝，新婚夫妻在百日之内没有圆房。而辛石秋与姨表妹巢爱吾为了对得起叶小红，虽被张司令强迫成亲，却只做了几天假夫妻。

从表现形式和艺术手法来看，我觉得冯玉奇的小说与当时新文学的新小说都受了西洋小说的影响，基本相同。譬如：两者都突破了传统小说书名的套路，不拘一格，尤其采用了一字书名和二字书名，如冯玉奇有《罪》《孽》《恨》《血》和《歧途》《逃婚》《情奔》等；而巴金有《家》《春》《秋》，茅盾有《幻灭》《动摇》《追求》。两者的对话方式也突破了传统小说的套路，灵活自如：对话既可置于说话者之后，也可置于说话者之前，还可将说话者夹在两句或两段话之间。至于小说的结构法、叙述法与描写法，更是差不多的。譬如人物描写不再是"沉鱼落雁""闭月羞花""倾国倾城"之类的千人一面，景物描写也不再是"落红满地""绿柳成荫""玉兔东升"之类的千篇一律，而加以具体描绘。这里随便举一个例子：

　　小红坐在窗旁，手托香腮，望着窗外院子里放有一

195

缸残荷，风吹枯叶，瑟瑟作响。墙角旁几株梧桐，巍然而立。下面花坞上满种着秋海棠，正在发花，绿叶红筋，临风生姿，可惜艳而无香，但点缀秋色，也颇令人爱而忘倦。

这是《小红楼》对莲花庵一角的景物描绘，虽然算不上十分精彩，但作者通过小红的眼睛描绘了院中的三样东西——风吹作响的"枯荷"、巍然挺立的"梧桐"、正在开花的"海棠"，从而衬托出莲花庵幽静的环境，曲折地表明了时在秋季。频繁使用巧合手法是冯玉奇小说的显著特点，可以说把所谓"无巧不成书"用到了极致。巧合手法有助于编织故事，缩短篇幅，增加作品的吸引力等，但使用过多则时有破绽，有损于作品的真实性。冯玉奇的某些小说也采用了章回体，但只是标题用"第×回"和对偶句，"却说""且听下回分解"之类的套语已不再经常出现，因此并非章回体的完全照搬。况且章回体并非劣等小说的标志，它在我国小说史上发挥过巨大作用，产生过杰出的四大古典小说。因此用章回体来贬低冯玉奇的小说，也是毫无道理的。

冯玉奇的小说也有明显的缺点。它们与其他鸳鸯蝴蝶派小说一样，主要注重小说的娱乐性，而忽视小说的社会性和艺术性，因此没有产生杰出的作品。他是南方人而小说采用北方话，加之写作速度太快，无暇深思熟虑，导致语言不够流畅，用词不够准确，还有许多错别字和语病。还有使用"巧合"法太多，有时破绽明显，这里不再举例。

总而言之，冯玉奇既不是"黄色"和"反动"小说家，也不是杰出小说家，而是一位勤奋多产、有益无害的通俗小说家，他应在中国小说史尤其是中国现代小说中占有一席之地。

　　　　　　　　　　　2017 年 6 月 4 日于北京蜗居